W0365992

Über die Autorin

Als Autorin für Online- und Printmedien erfüllte sich Kirsten Wendt vor einigen Jahren ihren großen Traum vom Schreiben. Sie quittierte ihren Vertriebsjob und sitzt nun in "kicosbloghaus", um zu arbeiten oder ungestört aus dem Fenster zu schauen.

Meistens geht es heiter-sarkastisch in Kirsten Wendts Romanen und Geschichten zu. Unter dem Pseudonym Kirstie Papers verfasst sie Liebesromane und Chick Lit.

Die Autorin freut sich über jede Rückmeldung und schätzt den Austausch mit ihren Lesern sehr.

Für Vanessa, die ungekrönte Königin der Häkel-(H)Uhus.

Und für Britta, die mir spontan aus der Patsche geholfen hat.

Zum Buch

Mit der Liebe hat die Online-Journalistin Jussy abgeschlossen. Sie findet sich selbst viel zu dick und Männer stehen nun mal auf Hungerhaken. Wie gerne wäre sie auch ein Uhu, eine attraktive Frau unter hundert Kilo!

Sie quält sich gerade wieder von Diät zu Diät, als ein interessantes Exemplar der Gattung Mann witzige Kommentare auf ihrem Blog hinterlässt. Diesen Traummann fest im Blick, zwingt sich Jussy zu eiserner Disziplin – und erkennt dabei fast zu spät, dass es Wichtigeres im Leben gibt als Kalorien, Proteine und Kohlenhydrate.

1

Das Wochenende fängt wirklich großartig an. Entsetzt lese ich die Einladung zur Hochzeit meiner Cousine Irina ein zweites Mal durch. Es besteht kein Zweifel – da muss ich hin; Ausreden sind zwecklos. Am 9. Mai findet das große Fest bereits statt, bis dahin sind es nur noch vier Monate! Verdammter Mist, ausgerechnet jetzt habe ich Höchstgewicht! In meinem Kopf rattert es wie verrückt. Das ist immer so, wenn ich meine Wohnung verlasse. Egal, ob ich zum Frisör fahre oder Schuhe kaufen gehe, ob ich zum Bloggertreffen oder eben zu einer Hochzeitsfeier eingeladen werde – immer stellt sich mir die eine Frage: Was soll ich bloß anziehen? Eine Hochzeit bedeutet allerdings Folterstrafe. Zwischen all den schlanken Frauen in ihren figurbetonten Kleidern werde ich mal wieder erfolglos gegen meine Komplexe ankämpfen.

Frustriert schnappe ich mir mein Laptop, mache es mir auf der Couch gemütlich und klicke mich durch die üblichen Verdächtigen. Mode für Mollige, Klamotten für die starke Frau, Rubenskleider. Inzwischen bin ich bei Größe 50 angekommen, was einem absoluten Tiefpunkt in meinem Leben gleichkommt. Wobei … noch schlimmer ist es, dass ich dreistellig bin. Oder kennen Sie irgendeine dreißigjährige Frau persönlich, die Ihnen ins Gesicht sagt, dass sie 104,7 Kilo wiegt? Niemand würde das freiwillig zugeben. Über hundert Kilo auf die Waage zu bringen, ist ein absolutes No-Go, geradezu unvorstellbar. Für Normalgewichtige ist bei

einer 9 vorne das Ende der Vorstellungskraft erreicht. Ich glaube, selbst meine Freunde würden mich auf 90 Kilo schätzen. Wobei das Wort Freunde auch etwas übertrieben ist.
Ich bin vielleicht nicht ganz normal, aber am liebsten habe ich meine Ruhe. Andere Frauen in meinem Alter sind entweder bereits verheiratet und haben Kinder oder sie ziehen mit ihrer Riesenfreundesschar durch die Clubs und Discos. Mir hingegen fällt an diesem verregneten Samstag nur ein, meine Mutter anzurufen.
„Ich bin's", spreche ich ins Headset, während ich weiter durch die hässlichen Abendkleider für die Dame ab Größe 42 scrolle. Dass da aber auch immer nur Oma-Fummel dabei sein müssen!
„Ach was", sagt meine Mutter, „da wäre ich nie drauf gekommen. Auf meinem Display steht doch dein Name!"
„Na, wenn es danach geht, bräuchte ich mich ja gar nicht mehr zu melden. Das macht man eben so. Ist auch egal ... Weshalb ich eigentlich anrufe: War eure Post schon da?"
„Nein, wieso? Welche Post denn? Ist jemand gestorben?"
„Nein, Mama, keine Panik. Nur eine Einladung zur Hochzeit. Irina heiratet ihren komischen Nerd-Freund."
„Oh, wie schön! Das ist ja nett, dass sie dich auch einlädt, wo du doch gar keinen Partner hast. Wann ist denn die Feier?"
„Vielen Dank, dass du mich so freundlich an meinen Beziehungsstatus erinnerst. Wirklich sehr sensibel von dir."
„Na komm, Justine, so langsam muss es dir doch selbst komisch vorkommen. Jetzt ist sogar Irina schon unter

der Haube! An der ist nun wirklich nichts dran. Wann ist denn jetzt die Hochzeit?"

„Am neunten Mai. Zuerst Kirche, dann eine Riesenlücke im Programm und abends Empfang mit großem Fressgelage und anschließendem Tanz. Finde ich echt zum Kotzen!"

„Justine! Wie soll man denn sonst eine Hochzeit feiern? Ich finde das schön und Papa sicherlich auch. Endlich mal wieder ein richtig schönes Familienfest ... Was ziehst du denn eigentlich an?"

Das ist wieder typisch meine Mutter. Sie weiß genau, dass genau *das* der Knackpunkt ist – trotzdem trampelt sie immer wieder auf meinen Gefühlen herum. Ihre Tochter ist nicht nur dick, sondern bereits seit drei Jahren Single; Ende nicht in Sicht. Warum tu ich mir das überhaupt immer wieder an? Es ist wohl die Macht der Gewohnheit und außerdem die leise Hoffnung, dass meine Eltern mir aus Mitleid Geld für den Hochzeitsfummel spendieren.

„Hm, weiß ich auch nicht", antworte ich. „Im Mai ist es schon warm, da kann ich das schwarze Teil mit den langen Ärmeln nicht anziehen."

„Welches schwarze Teil? Du hast doch *nur* schwarze Teile!"

„Na, dieses 2-in-1-Oberteil. Sieht aus wie ein Top mit Strickjacke, nur in edel. Was du so gerne leiden mochtest letztes Jahr Weihnachten."

„Ach so", sagt meine Mutter erschrocken, „aber das ist doch nichts für eine Hochzeit! Da kannst du doch nicht in einer Hose aufkreuzen! Oder was wolltest du zu dem Oberteil anziehen?"

„Ich will es ja auch gar nicht anziehen, es ist wie gesagt zu warm, Mama."

Sie nervt mich schon wieder entsetzlich, hätte ich sie bloß nicht angerufen. Mein Blick bleibt bei einem sehr vorteilhaft geschnittenem Kleid mit V-Ausschnitt und fließendem Volant hängen, aber leider geht es dem Model nur bis zur Mitte der Unterschenkel. Da hätte ich total dicke Knöchel drin. Hm, andererseits sind diese Models riesig. Ich höre die Stimme meiner Mutter, aber was sie sagt, bekomme ich nicht wirklich mit.

„… das Kleid im Flamenco-Stil. Justine, hörst du mir überhaupt noch zu? Dazu dann ein paar schicke rote Pumps, ich fände das wirklich toll. Du brauchst dich doch nicht zu verstecken als junge Frau. Außerdem kannst du die Farbe wirklich gut tragen."

„Ja, ja, ich find schon irgendwas, Mama. Du, ich muss jetzt auch mal langsam unter die Dusche springen."

„Du bist noch im Schlafanzug? Es ist elf Uhr!"

„Tschühüss!"

Ohne eine Antwort abzuwarten, beende ich das Gespräch. Die rufe ich garantiert frühestens in einer Woche wieder an. Die Suche nach einem Kleid frustriert mich. Ich würde mich auch gerne mal wieder richtig schick machen, aber an mir sieht einfach nichts mehr richtig schick aus, wenn man von meinen zwei Lieblingskombinationen absieht. Aber die bestehen aus Leggins, Stiefeln, Tunika, Schal und Jeansjacke, was wohl kaum passend für Irinas großen Tag ist. Wenn ich jetzt auf die schweineteure Webseite gehe, auf der wirklich übergewichtige Models zu sehen sind und nicht solche mit Größe 40 wie auf den anderen Seiten, finde ich bestimmt was. Das Problem ist nur, dass ich noch nicht mal die T-Shirts aus der Luxus-Kollektion bezahlen könnte, denn die fangen bei 130 Euro an. Vielleicht rufe ich meine Mutter in den nächsten Tagen doch noch mal an, dann aber kombiniert mit dem dezenten Hinweis auf die Ebbe in meinem Portmonee.

***

Mir fehlen noch fünfzehn Adjektive zum Thema Wein aus Israel, aber mein Hirn ist wie leergepustet. Das ist wirklich mein allerletzter Auftrag für diese Content Farm. Ich hasse es, Artikel fürs Internet zu schreiben, die nur darauf abzielen durch bestimmte Schlagwörter von den Suchmaschinen gefunden zu werden. Als Online-Journalistin träume ich wahrlich von anspruchsvolleren Aufgaben als dem stupiden Schreiben von SEO-Texten, aber die bittere Wahrheit ist: Ohne diese Jobs könnte ich mir meine viel zu teure Wohnung erst recht nicht leisten. Es ist ohnehin schon zu knapp, aber ich würde fast alles dafür tun, um hier nicht ausziehen zu müssen. Ich liebe mein kuscheliges Zuhause! Es gehört nur mir, mir ganz allein – und ich beabsichtige hierzubleiben, bis mich ein wunderbarer Traumprinz freiküsst, um mit ihm und unseren gemeinsamen Traumkindern in ein Traumhaus im Grünen zu ziehen.
Na los, Jussy, noch ein paar Adjektive … *schmackhaft, anspruchsvoll, delikat* … Es reicht, ich mache endlich Feierabend. Längst ist es dunkel geworden, ich habe den ganzen Tag gearbeitet und mich noch nicht mal angezogen. Wenn das meine Mutter sehen würde. Ich muss kichern, gehe in die Küche, die komplett im Retro-Look ausgestattet ist, und öffne den Kühlschrank. Außer Kräuterquark, Senf und Tomatenmark ist nichts Brauchbares dabei, also rühre ich mir alles zusammen, fülle es in ein pastellgelbes

Porzellanschälchen, greife mir eine Tüte Brotchips und setze mich auf die große Fensterbank.
Von hier aus lässt es sich herrlich auf die Dächer der Stadt hinabschauen. Meine Wohnung befindet sich im Obergeschoss, es ist der dritte Stock eines Altbaus. Bei der Wohnungsbesichtigung vor knapp drei Jahren fiel mir zuerst tatsächlich die riesige Fensterbank in der Küche auf. Seit ich als Kind bei einem Tagesausflug mit meiner Klasse in einer alten Ritterburg solch einen Fenstersims gesehen habe, wollte ich genau so etwas haben. Mit Erker wäre es natürlich noch toller gewesen, aber mein Lieblingsplatz mit den weichen Spitzenkissen ist auch so sehr schön.
Ich könnte zufrieden mit meinem Leben sein, denn ich bin gesund, habe ein Dach über dem Kopf und eine Arbeit, für die ich mich noch nicht mal anziehen muss. Aber ich bin nicht zufrieden, in mir macht sich seit Monaten eine Leere und Trägheit breit, die mich ratlos stimmt. Das alles liegt nur an meinem Körper, den vielen Problemzonen, die sich übergangslos von den Knöcheln bis zu den Augen breitmachen. Die wenigen Momente, in denen ich es aushalte mich länger als nur zum kurzen Styling-Check im Spiegel zu betrachten, bereiten mir wahre Qualen. Das kann doch nicht ich sein! Dabei fühle ich mich eigentlich gar nicht so unattraktiv, wenn ich alleine bin. Jetzt zum Beispiel, da ich von meinem Fenstersims auf die Lichter der Straße blicke, geht es mir gut. Eine normale, junge Frau in Jogginghose und Top mit lila lackierten Zehennägeln. Dieser Eindruck relativiert sich sofort, sobald ich meinen sicheren Kokon verlasse. Wo sind denn bitte all die Dicken, wie uns die Medien ständig weismachen wollen? Ich sehe überall nur Dünne. Schlanke Frauen in engen Röhrenjeans und auf Figur geschnittenen Blusen,

mit Gürteln mit breiter Spange und High Heels. Was ich dafür geben würde, einfach Jeans und Shirt anziehen zu können, ohne darin auszusehen wie eine Sumpfkuh, kann ich nicht sagen. Sehr viel wäre es auf jeden Fall.

Man soll ja seine Vorzüge betonen und sich nicht immer auf die Schwachstellen konzentrieren – doch da gibt es inzwischen nicht mehr so viele bei mir. Als Erstes sind da sicherlich meine Haare, die dunkelbraun und kräftig bis über die Schultern fallen. Meistens trage ich sie offen, denn mit Zopf habe ich Hamsterbacken. Totaler Schwachsinn sei das, meint meine Schwester Maxi. Das Gesicht bliebe schließlich immer gleich und könne durch das Tragen einer anderen Frisur nicht verändert werden. Was weiß sie schon? Maxine behauptet, sie sei ebenfalls zu fett, dabei trägt sie Größe 44. Ja, ich weiß, das ist für viele schon der Albtraum schlechthin. Gemeinhin würde Maxi also wohl auch als übergewichtig angesehen werden, aber sie ist von meinen Gewichtsproblemen unendlich weit entfernt. Leute wie Maxi sind ein bisschen mollig. Ich bin ziemlich dick.

2

**Liebe Freunde der schlaflosen Nacht,*
erinnert ihr euch daran, wie ihr als Kind im Bett gelegen und Schäfchen gezählt habt? Ich wette, jeder von uns hatte dieses ganz bestimmte Bild vor Augen: Pummelige, wollweiße Schafe, die mit leisem Mäh-Mäh über ein Holzgatter sprangen, eines nach dem anderen. Das fand ich unheimlich beruhigend, aber ob es wirklich beim Einschlafen geholfen hat, weiß ich nicht mehr.
Hier nun der ultimative Tipp für solche, die schon groß sind, aber immer noch nicht einpennen können. Zählt Likes! Ihr wisst schon – die „gefällt mir's" auf Facebook. Bei mir funktioniert das geradezu magisch. Ich rufe mir mein letztes Posting ins Gedächtnis und überlege, wer alles gelikt hat. Komm schon, sag ich mir, wer hat den wahnsinnig intelligenten Sinnspruch mit einem Daumen hoch versehen oder gar kommentiert? Und dann rattert es in meinem Kopf. Julia D., Sugarbabe, Simon E, ach nee, doch nicht, aber Ramon, McFlachwitz und Silvy. Dann noch … Chrrrr.
*Träumt schön, flüstert eure Jazz.**

Damit hätte ich meinen Blog-Beitrag des Tages auch geleistet. Auf mich wartet gleich eine Reportage für ein Hundemagazin über eine Cockerspaniel-Züchterin, die irgendwo draußen auf dem platten Land wohnt. Ich freu mich drauf, denn erstens bringt es Geld und zweitens macht es Spaß. Trotzdem füttere ich meinen Blog *Tönespucker* so gewissenhaft wie möglich. Zu bloggen bedeutet für mich Entspannung.

Da ich am Wochenende zum gefühlten tausendsten Mal in meinem Leben beschlossen habe abzunehmen, ist heute der perfekte Tag dafür: Montag. Montags glaube ich an den Erfolg, an den endgültigen Sieg über Körper und Geist. Dieses Mal werde ich es schaffen und zwar mit der bewährten Methode *Ab 16 Uhr gibt es gar nichts mehr*. Vor drei Jahren habe ich so 25 Kilo abgespeckt. Ach, war das schön! Ich wog monatelang 81 Kilo, kleidete mich komplett neu ein und hatte einen sagenhaften Flirt mit einem Fitnesstrainer. Ich! Mit einem Fitnesstrainer! Können Sie sich vorstellen, was das für mein Ego bedeutete? Es war herrlich. Fast möchte ich behaupten, dass es die schönste Zeit in meinem Leben war, was natürlich übertrieben ist. Dass ich wieder alles doppelt und dreifach zugenommen habe, muss ich sicherlich nicht explizit erwähnen.
Der berühmte Punkteplan kommt nicht schon wieder in Frage. Ich besinne mich auf meinen größten Erfolg, habe sogar nur ein Schälchen Müsli mit fettarmer Milch zu mir genommen und den Kaffee schwarz getrunken. Schwachsinn, ich weiß – wer Milch zum Müsli isst, wird auch einen Tropfen ins Koffein kippen können. Aber ich fühle mich damit asketischer. Schwarzer Kaffee gleich Diät, basta.
Ich habe vier Monate Zeit bis zu Irinas Hochzeit; es muss zu schaffen sein, dass ich mindestens 15 Kilo bis dahin abgenommen habe. Wenn ich vorne eine 8 auf der Waage stehen habe, ist alles nicht mehr so schlimm, aber es ist noch ein weiter Weg. Die größte Hürde stellt die 100 dar. Endlich wieder ein Uhu zu werden, ist das Ziel der ersten Stunde. Sie wissen nicht, was ein Uhu ist? Sie Glückliche, denn dann waren Sie vermutlich noch nie etwas anderes als genau so etwas! Ein *Uhu* bedeutet bei uns *Ühus* das Wichtigste von allem: Unter

hundert. Über hundert Kilo zu wiegen, steht für eindeutig adipös, ganz klar zu viel auf den Rippen. Unter hundert kann man mogeln, zurechtbiegen, abrunden. Uhu, ich bin bald wieder bei dir!
Gut gelaunt und hoch motiviert ziehe ich mir meine braune Lieblingslederjacke an, wickle einen roséfarbenen Schal um und halte dem Blick in den Ganzkörperspiegel länger als zehn Sekunden stand. Was ist eigentlich so falsch an mir? Ich sehe eine zwar ziemlich runde, aber gut gekleidete junge Frau vor mir, mit strahlendem Gesicht und glänzenden Haaren. Dank der Winterkleidung sieht alles viel hübscher aus, als es in einer Hochzeitsgarderobe wirken würde …. Stopp! Endlich aufhören mit der Kleinmacherei! Ich sehe jetzt schon okay aus, aber in einem Vierteljahr werde ich bombastisch aussehen, jawohl!
Bevor ich zum Termin aufbreche, werfe ich noch rasch einen Blick auf den Bildschirm; mal gucken, wie viele Zugriffe ich seit letzter Stunde schon auf meinen Blog habe. Inzwischen kommen fast täglich Leser hinzu, es gibt sogar Tage mit fast zweitausend Aufrufen – und das nur für meine kleinen Tipps zur Gratisverschönerung des Lebens! Ich glaube, dass es an der Kürze der einzelnen Artikel liegt, denn auf Dauer mag niemand ellenlange Beiträge lesen. Selbst klicke ich bei zu viel Gesülze jedenfalls auch irgendwann weg. Aha, laut Statistik bereits 493 Leser. Nicht schlecht. Und drei Kommentare … Einer von Susan mit einem Link zu einem Schäfchenvideo, sehr süß. Herr Leselümmel schreibt, dass er zum Einschlafen immer Alkoholsorten aufzählt und der festen Überzeugung ist, dass Otto Waalkes ihm diese Idee im Schlaf für das Lied *Grund zum Feiern* geklaut hat.

Und wer ist das? Den kenne ich noch nicht – ein neuer Follower offenbar, kein eigener Blog vorhanden. Sein Name ist Dannick. Nach kurzem Check genehmige ich Dannicks Kommentar und muss lächeln. Genau das hätte ich vor wenigen Monaten auch geschrieben, denn da wusste ich es selbst noch nicht besser.

*Huhu! Es heißt liked, nicht likt! Klugscheißende Grüße von Dannick. Schönes (!) Blog übrigens!**

So viel Zeit muss sein; ich hacke eilig meine Antwort in die Tastatur:

Doch, doch, es heißt likt. Genau wie gecheckt oder gemanagt. Viele Grüße und einen klasse Tag wünscht Jazz (Blog geht sowohl im Neutrum als Maskulinum)!

Jetzt aber wirklich los, die Hunde warten auf Justine, die rasende Reporterin!

***

Unter den Reifen meines Autos knirscht es laut, sodass ich gezwungen bin langsamer zu fahren. Ein grauer Schotterweg führt zum Resthof der Hundezüchterin Barbara Welt. Den ganzen Weg hier raus habe ich mir Überschriften für meinen noch zu schreibenden Artikel ausgedacht, die nicht zu platt sind. Leider sind mir keine eingefallen.

Barbaras Cocker sind von dieser Welt
Haltet die Welt nicht an
Der Welt ist nichts genug
Hier leben die Hunde von Welt

Alles blöd, aber schade wäre es trotzdem um einen fabelhaften Nachnamen. Manche Menschen haben bei der großen Namenslotterie eben mehr Glück gehabt als ich; oder hießen Sie gerne Müller? Keine Ahnung, welcher Teufel meine Eltern geritten hat, mir ausgerechnet einen englisch auszusprechenden Vornamen zu geben mit einem U drin. So nannten mich in der Schule die größten Spaßvögel Jüstine Müller – gesprochen wie geschrieben. Aber ich heiße Justine wie Dschastien. Nennen Sie mich bitte trotzdem lieber Jussy wie Dschassie.

Auf einem geräumigen Hofplatz, der mit kleinem Kopfsteinpflaster ausgelegt ist, parke ich neben einem anderen Wagen. Vor mir befindet sich offensichtlich das Wohnhaus, an das sich zur rechten Seite Stallungen anschließen. Vielleicht sind dort die Hunde untergebracht, allerdings ist alles so riesig, dass hier auch locker fünf Pferde untergestellt sein könnten. Mir gefällt die Atmosphäre, ich atme die kalte Winterluft ein und drehe mich nach links. Dort ist ein Gemüse- und Obstgarten angelegt. Wie hübsch! Es ist ordentlich, aber nicht zu sehr. Hier könnte ich mir ein Leben mit Mann und Kindern gut vorstellen, das wäre wirklich ein Traum. In meiner Phantasie ernte ich in Latzhose und Gummistiefeln frische Erdbeeren, während meine entzückende Tochter im Sommerkleidchen um mich herumhüpft und mein dunkelhaariger Lausebengel mit Papa den Trecker repariert.

Die Tagträumereien werden jäh unterbrochen, weil zwei hellbraune Cockerspaniel auf mich zugerannt kommen und laut bellen. Hinter ihnen erscheint Frau Welt, zumindest nehme ich an, dass sie es ist. Sie passt so gar nicht zu meinem Klischee vom Shabby-Chic-Landleben, denn weder trägt sie einen Schlapphut, noch

hat sie einen Kochlöffel oder zumindest einen kleinen Spaten in der Hand. Sie ist riesengroß, mindestens 1,85 Meter, megaschlank und mit einer braunen Stoffhose bekleidet. An den Füßen trägt sie flache Pumps und obenrum blitzt ein weißer Blusenkragen unter der grünen Lodenjacke hervor. Oha, das ist waschechter Landadel! Mit energischen Schritten kommt sie auf mich zu, alles an ihr ist groß, anpackend. Ihre hellblonden Haare trägt sie zu einem straffen Zopf gebunden, am Hals, den Händen und den Ohren leuchtet der große, teure Goldschmuck mit der Sonne um die Wette. Ich komme mir vor wie in einer Adventsfolge von Rosamunde Pilcher. Es würde mich wirklich nicht wundern, wenn gleich ein adretter Jüngling in frisch gewienerten Reitstiefeln auf seinem Schimmel angetrabt käme und *Wollen wir einen Tee trinken* fragte.
„Frau Müller, schön, dass Sie zu uns gefunden haben, guten Tag!“, sagt Frau Welt freundlich und streckt mir ihre knochige Hand entgegen.
Die Frau mag gut und gerne 50 sein, hat auch schon ein paar Falten im Gesicht, aber strahlt das Lebhafte und Sportliche einer 20jährigen aus. Ich schäme mich auf der Stelle, fühle mich klein, dick und plump. Das lasse ich mir aber wie immer nicht anmerken. Freudestrahlend schüttle ich ihre Hand.
„Guten Tag, Frau Welt. Vielen Dank, dass Sie sich für mich Zeit nehmen! Na, wer sind denn diese beiden, die sind ja richtig hübsch! Hallo, ihr!“, sage ich, beuge mich zu den Hunden runter und streichle sie.
„Das sind Cleo und Lea, die beiden sind beim letzten Wurf nicht verkauft worden, also habe ich sie behalten. Lea, also die Hellere, war eine Woche in einer recht ordentlichen Familie, aber dann hat man es sich anders

überlegt. Manchmal lässt mich meine Menschenkenntnis wohl im Stich. Na ja, das gehört zu einer guten Zucht auch dazu, dass man die Hunde zurücknimmt, wenn die neuen Besitzer ihre Meinung ändern."

„Es sind wirklich ausgesprochen schöne Tiere. Und wie lieb sie sind! Gut, dass sie nicht im Tierheim landen. Schlimm so was!"

„Tja, man steckt nicht drin. Kommen Sie mit rein, ich habe gerade Tee aufgesetzt. Dort können wir in Ruhe weiter plaudern."

Ich muss lächeln. Vielleicht kommt ja doch noch der holde Reitersmann vorbei.

***

Vier Stunden später kehre ich zurück in meine Wohnung. Ich bin total kaputt, denn ich habe nicht nur unzählige Fotos gemacht und möglichst intelligente Interviewfragen gestellt, sondern bin auch noch mit Frau Welt und vier ihrer Hunde spazieren gegangen. Das Problem waren nicht die Hunde, sondern meine menschliche Begleitung! Sie hatte einen Schritt drauf, dass ich schon nach fünf Metern befürchtete ein Sauerstoffzelt zu benötigen. Einer ihrer ausladenden Schritte bedeutete zwei Stolperschritte für mich. Während sie über Standhitze, Rassemerkmale und Agility dozierte, bemühte ich mich um einen geräuschlosen Atem. Dabei hätte ich heftiger hecheln können als alle Hunde nach einem Stöckchenspiel zusammen. Frau Welt wanderte und sprach, ich rannte und schwitzte mit meinem dicken Schal neben ihr her. Immerhin hat sie nichts von meiner Schwäche

mitbekommen – nehme ich zumindest an. Andernfalls hat sie es gekonnt überspielt.
Jacke, Schal und Schuhe pfeffre ich in Richtung Garderobe. Auf dem Weg ins Schlafzimmer öffne ich trotz meines Pullis den BH, schiebe ihn über die Schulter herunter und auf der anderen Ärmelseite komplett raus. Weg mit dem Teil, das in der letzten Stunde zu einem drückenden Mördergerät mutierte. Was für ein Glück, dass ich nicht meinen Bauch-weg-Body drunter gezogen hatte, darin wäre ich beim Gewaltmarsch garantiert qualvoll umgekommen. Der nächste Schritt ist der Schmuck. Zwar finde ich Schmuck ganz toll, aber stören tut er mich trotzdem. Sobald ich alleine bin, werden Ringe, Armbänder, Ketten und Ohrringe entfernt. Damit ich später auch was davon habe, verteile ich sie gedankenverloren in den unsinnigsten Ecken und suche sie bei der nächsten Gelegenheit stundenlang.
Immerhin habe ich mindestens 500 Kalorien verbrannt. Der Spaziergang fiel eindeutig unter Sport. 500 ist vermutlich sogar viel zu knapp gerechnet, aber in Diätzeiten bin ich immer sehr streng mit mir selbst. Lieber bei Mahlzeiten aufrunden und bei körperlichen Betätigungen abrunden. Bei Frau Welt habe ich zwei Tassen Tee getrunken, keinen Keks genommen. In Gesellschaft anderer Leute ist es so leicht. Das Müsli hat maximal 350 Kalorien gehabt und jetzt ist bereits Nachmittag. Das habe ich wirklich gut gemacht, ich habe ein sattes Tagesminus. Meine nächste Mahlzeit habe ich mir redlich verdient, zumal es auch schon die letzte des Tages sein wird. Jetzt nur keinen Fressanfall bekommen, ich muss unbedingt vorher nachdenken, was ich esse.

Natürlich habe ich das bereits während der gesamten Rückfahrt getan. Alles hatte ich mir so schön ausgemalt: Ich wollte an einem Hofladen anhalten, mir lauter gesunde Sachen kaufen und diese dann zu Hause zubereiten. Aber als ich die Pampa verlassen hatte, war mir immer noch kein Hofladen untergekommen. Ständig sieht man sonst solche Schilder – Kartoffeln hier, frische Wurst da. Doch wenn ich *einmal* einen solchen Laden brauche, gibt es keinen! Aus lauter Wut bin ich direkt zurückgefahren und stehe nun vor meinem immer noch mager gefüllten Kühlschrank.
Ich muss dringend einkaufen gehen. Allerdings verhungere ich gleich; ich habe jetzt eindeutig keine Zeit für einen nervenaufreibenden Besuch im Supermarkt. Es ist egal, ich hau mir zwei Scheiben Brot mit Käse rein. Das ist überhaupt nicht viel, macht satt und schmeckt. Klar, was Warmes wäre schöner gewesen, aber ich habe jetzt Hunger. Ich tippe großzügig auf 500 Kalorien für die beiden Stullen. Es sind große Scheiben. Plus mein Minus – Sie können mir hoffentlich noch folgen – ergeben sich … um die 300 Kalorien. Das ist viel zu wenig! Wer zu wenig isst, nimmt zu! Diesen vermeintlichen Irrsinn habe ich in zahlreichen Punkte-Kursen gelernt. Jede Ernährungsberaterin hämmert es uns Moppels ein: Zu wenig essen ist schlecht! Macht dick! Sorgt für den gefürchteten Jo-Jo-Effekt! Niemals zu wenig essen! Denken Sie daran, wenn Sie nicht genug essen, schaltet der Körper auf Notstand! Blablabla.
Theoretisch würde ich eine super Ernährungsberaterin abgeben, denn ich weiß alles über die Nahrungspyramide, Vitamine, Mineralstoffe und tückische Light-Produkte. Praktisch wäre ich vermutlich ein abschreckendes Beispiel und der personifizierte

Garant für den Misserfolg der Diät. Ich jedenfalls nehme aus Protest das Wort *Ernährungsumstellung* nicht mehr in den Mund. Das ist alles reine Augenwischerei. Bei jeder hoch gelobten Ernährungsumstellung habe ich bisher nicht ein Gramm abgenommen, obwohl ich auf die leckeren Sachen verzichtet habe. Wenn ich Kalorienbomben von meinem Speiseplan streiche, ist das für mich eine Diät und nichts anderes. Aber nicht, dass Sie jetzt denken, ich äße den lieben, langen Tag nur Torten und Schweinebraten! Ich gehöre nicht zur Kategorie *Vielfraß, das selbst schuld ist.* Klar, das sagen alle. Und wissen Sie was? Die haben sogar fast alle recht! Jedenfalls kenne ich nur wenige dicke Personen, die den ganzen Tag in sich reinstopfen. Ich sehe solche Leute nur im Fernsehen, aber privat habe ich so was außer bei meiner Tante Brigitte nie erlebt. Was ich hingegen erlebe: Gertenschlanke Glückspilze, die auf Feiern viermal zum kalten Buffet marschieren, dazu literweise Cola und Bier trinken und anschließend darüber jammern, dass sie am nächsten Tag alles im Fitnessstudio abtrainieren müssen.

Da liegt *mein* Knackpunkt: Ich hasse Sport. Mein Hausarzt meint, ich habe einen trägen Stoffwechsel, verbrenne die reingepfiffenen Kalorien einfach schlecht. Da helfe nur täglicher Sport, mindestens eine halbe Stunde lang. Besser eine Stunde. Lieber nicht daran denken, sondern die Fotos von der Welt checken. Mein erster Blick am Computer geht auf den Blog. Wow, ich habe heute richtig viel Traffic drauf! Und so tolle Kommentare, ich bin sehr begeistert. Ich beantworte wie immer jeden einzelnen Kommentar. Der letzte Schäfchenbeitrag kommt wieder von Dannick. Er ist witzig, zumindest nehme ich an, dass es sich um einen Mann handelt.

Oha, gegen so viel geballtes Duden-Wissen stinke ich nicht an *geknicked*. Ich stell mich in die Ecke und schere ein paar Schafe, LG Dannick.

Hallo Dannick, lass doch die Wolle an den puscheligen Schafen dran, sonst sind sie ganz nacked, LG Jazz

Ich knöpfe mir die Hundebilder vor. Sie sind prima geworden, das Licht ist heute auch wirklich optimal. Die Sonne scheint durch die drei Sprossenfenster auf den dunklen Laminatboden meines Wohnzimmers. Ich gestatte mir eine Banane und zwei Butterkekse zum Naschen. Das wären dann zwar immer noch zu wenig Punkte oder Kalorien oder Bausteine, aber ich muss schnell abnehmen. Nur nicht die Hochzeit aus den Augen verlieren, das ist die Devise. Frau Welt sieht auf den Fotos toll aus. Klar, wer schlank ist, kann auf Fotos meiner Meinung nach höchstens durch Grimassen negativ auffallen. Wenn ich fotografiert werde, schaue ich mir die Aufnahmen hinterher nur unter Zwang an. Und danach brauche ich einen Beruhigungstee.

Als ich gerade aufstehen will, um einen vernünftigen Einkaufszettel zu schreiben und später dank Käsebrot und Banane gesättigt in den Supermarkt zu marschieren, blinkt das Kommentarfeld von *Tönespucker* erneut auf. Schon wieder Dannick, der scheint ja viel Zeit zu haben. Hoffentlich wird er nicht lästig, solche Idioten hatte ich schon einige Male an der Backe. Deshalb nehme ich inzwischen auch den Dienst einer Firma in Anspruch, die ich extra dafür bezahle, dass sie in meinem Impressum steht. Meinen realen Namen erfährt im Blog niemand, lediglich eine Email-Adresse habe ich eingerichtet, falls mich jemand schnell erreichen möchte. Ansonsten geht die Post an die Briefkastenfirma, die alles an mich weiterleitet.

Huhu! Ich hoffe, ich nerve nicht, aber ich muss jetzt einfach meiner Freude Ausdruck verleihen: Haha! Du schreibst wirklich sehr unterhaltsam! Wollte ich nur mal schnell loswerden, bevor ich zurück zum Vieh gehe.

Obwohl ich mich gebauchpinselt fühle, bin ich vorsichtig und antworte mit einem freundlichen

Vielen Dank von Jazz.

3

103,9. Hurra! Ich habe gestern fast ein Kilo verloren. Für mich zählt eigentlich sowieso nur die Zahl vor dem Komma, trotzdem erwähne ich aus typischer Diätgruppengewohnheit stets jedes Gramm extra. Der gestrige Tag war ohnehin auf ganzer Linie ein Erfolg. Sogar den Hunde-Artikel habe ich noch fertig bekommen und dafür die Nacht zum Tag gemacht. *Die tollsten Cockerspaniel der Welt* habe ich den Artikel schlussendlich betitelt.

Und – und das ist das Beste – ich war sogar einkaufen, ohne einen Fressanfall zu bekommen. Jetzt knurrt mir der Magen, immerhin ist es schon Mittag und ich habe nur noch wenige Stunden zur Verfügung, um überhaupt zu essen.

Ja, so ist das, wenn ich abnehmen will. Alles dreht sich nur noch ums Essen und natürlich das Foltergerät Waage. Mein spätes Frühstück besteht wieder aus einer großzügigen Portion Müsli und dem obligatorischen Kaffee. Kaum, dass ich damit fertig bin, klingelt es an meiner Haustür. Wer kann das denn sein? Ich habe mich mit niemandem verabredet. Hoffentlich ist es nicht die Nervensäge Marie aus dem Erdgeschoss. Marie denkt, wir seien Freundinnen, dabei kann ich sie nur in sehr homöopathischen Dosen ertragen. Sie redet ohne Punkt und Komma und verzichtet fast komplett auf Artikel. Typische Sätze im Marie-Style lauten: „Heute geh'n wir um 12 Studio“ oder „Chiara ist

Schule, Jeffrey Kindi, Micha auf Arbeit.“ Mir tut das in den Ohren weh.
Die Gegensprechanlage knarzt, als ich auf den Knopf drücke.
„Hallo?“
„Ich bin’s! Los, Jussy, mach mal auf!“
Das ist eindeutig nicht Marie.
„Mann, Maxi, kannst du nicht vorher `ne SMS schreiben oder anrufen? Okay, dann komm hoch.“
Meine Schwester ist es; na ja, habe ich wenigstens jemanden, mit dem ich über meine Diätpläne sprechen kann. Ich öffne die Wohnungstür einen Spalt, sammle im Vorbeigehen die Klamotten von gestern auf und renne ins Bad. Vorsichtshalber schließe ich ab; ich kenne doch Maxi, die sonst völlig schamlos die Tür aufreißt und mich in Unterwäsche erwischt. Auch wenn sie sich vermutlich denken kann, wie ich ohne BH aussehe, aber nein … das geht gar nicht. Während ich mich notdürftig zurechtmache, ist Maxi schon am Plappern.
„Mama hat gesagt, du hast die Einladung von Irina und ihrem Macker auch schon bekommen. Rate mal, was sie bei uns geschrieben hat!“
„Hä?“, rufe ich vom Klo aus. „Wo geschrieben?“
„Na, auf dem Umschlag als Anschrift. Maxine Müller und Lebensgefährte! Ey, ich glaube, es hackt! Die blöde Kuh weiß ganz genau, wie Christian heißt!“
„Wie heißt er denn?“, kichere ich.
„Haha, sehr witzig. Ich nehm mir mal einen Kaffee, ja?“
Ich höre, wie sie durch meine Wohnung stapft und sich wie zu Hause fühlt. Allerdings ist sie die einzige Person auf der Welt, bei der das für mich okay ist. Maxi ist anderthalb Jahre älter als ich, darum können wir uns in

unsere Seelen gucken wie eineiige Zwillinge. Und in unsere Kühlschränke.
„Boah, Schwesterchen, wirst du zum Öko?“, brüllt sie aus der Küche. Aha, sie hat meine gesunden Einkäufe entdeckt.
An die Tür gelehnt, beobachte ich Maxi grinsend bei ihrem Einsatz als Lebensmittel-Kommissarin. Sie merkt nicht, dass ich das Badezimmer verlassen habe, wühlt sämtliche Fächer akribisch durch. Neugierig betrachtet sie ein Gläschen Dijon-Senf, stellt es zurück und widmet sich der Gemüseabteilung.
„Sogar frische Petersilie!“, ruft sie. „Hast du jemanden kennengelernt?“
„Schrei doch nicht so“, sage ich.
Vor Schreck zuckt meine Schwester zusammen und fährt mit einem Ruck zur Seite.
„Hast du mich erschreckt! Spinnst du? Ich hab fast einen Herzinfarkt gekriegt!“
„Haha! Also: Nein, ich habe niemanden kennengelernt. Ich mache nur mal wieder Diät.“
„Lass mich raten“, sagt Maxi und rollt mit den Augen. „Ab morgen? Oder nein, stopp … Seit gestern!“
„Ja, genau, seit gestern. Ein Kilo hab ich schon runter.“
„Das ist nur Wasser.“
„Maxi, halt’s Maul! Keine klugen Ratschläge, bitte! Verstanden?“
Mit Kaffeebechern in der Hand gehen wir ins Wohnzimmer und setzen uns hin. Mit einer Mischung aus Mitleid, Hoffnungs- und Ratlosigkeit schüttelt Maxi den Kopf. Ihr Blick bedeutet *Das wird doch eh wieder nichts! Warum tut meine kleine Schwester sich das immer wieder an?* Sie ist klug genug, es nicht auszusprechen.
„Pass auf“, lege ich los. „Ich hab mir überlegt, ich mach das wieder ganz alleine. Kein bescheuertes

Punktezählen, keine Listen, keine Gruppe, keine Foren. Nichts. Ich esse gesundes Zeug, koche mir leckere Mahlzeiten und schließe um vier Uhr die Futterluke bis zum nächsten Morgen. Stichwort: Irina."
Sofort fängt Maxi wieder mit der Anschriftensache an. Dass Irina nicht *Maxine Müller und Christian Fucker* aufs Kuvert geschrieben hat, regt sie wahnsinnig auf.
„Genau, Stichwort Irina!", ereifert sie sich. „Wirklich, ich hab mich so geärgert darüber! Kann sie nicht einfach Christians Namen draufschreiben und gut? Aber nein, es muss Lebensgefährte heißen. Allein schon Lebensgefährte! Wer sagt denn so was in unserem Alter? Irina war schon immer saudoof!"
„Vielleicht hatte sie einfach ein paar Hemmungen …", entfährt es mir mit gepresster Stimme.
Ich kann meinen Lachkrampf kaum noch zurückhalten. Diese Albernheit muss ich wirklich mal in den Griff bekommen. Aber ehrlich, finden Sie den Namen nicht ebenfalls zum Totlachen? Ich kann einfach nicht aufhören, darüber Witze zu machen. Es ist wie ein innerer Zwang, auch wenn ich genau weiß, dass Maxi es hasst. Mühsam beherrsche ich mich, denn immerhin habe ich sie erst vor wenigen Sekunden darum gebeten, dass sie sich ihre Diät-Tipps sparen soll. Dabei fühle ich sogar mit dem armen Christian mit, der ebenfalls ein U-Problem hat – bloß bei ihm ist es andersrum. Während man Justine englisch ausspricht, wird sein Nachname gesprochen wie geschrieben. Ihn spricht man deutsch aus: Fucker und nicht Facker.
„Verf…ixt nochmal, Maxi, sorry, aber ich muss so lachen! Hilfe!"
Ich kann nicht mehr, kugle mich von Lachsalven geschüttelt auf dem Sofa. Dieser Name ist wirklich der Brüller. Maxi blättert gespielt gelangweilt in einer

Zeitschrift und ignoriert mich. Nach einigen Minuten kriege ich mich wieder ein. Schnell die letzten Lachtränen aus den Augen gewischt und ein liebes Schwestergesicht aufsetzen.
„Maxiiii? Hilfst du mir bei der Diät? Ich kann so nicht zur Hochzeit gehen, guck mich doch an! Bitte!“
Wenn ich meine Unterlippe vorschiebe und Kulleraugen mache, wird meine große Schwester immer weich.
„Ja, du blöde Kuh, natürlich helfe ich dir. Wir packen das und du wirst atemberaubend auf Irinas Hochzeit aussehen!“

***

**Liebe Freunde des dramatischen Abgangs,*
um sich eines überdrüssigen Partners zu entledigen, kann man ruhig ein wenig kreativ sein. Nur so ist gewährleistet, dass man ihn auch wirklich los ist. Ein langweiliges „Ich weiß nicht, ob ich gut genug für dich bin“, „Ich bin einfach noch nicht über meine/n Ex weg“ oder gar „Ich liebe dich nicht, darum mache ich Schluss“ ist total ausgelutscht. Zeigen wir unsere Verachtung lieber deutlich! Man muss ja nicht böse werden – wer will schon jemanden verhauen oder mit dem Autoschlüssel hässliche Kratzer in den guten Lack ritzen?
Mein Ex-Ex Jo war ein richtig feiner Pinkel. Ihr wisst schon, ein Sohn aus gutem Hause, dessen Eltern ihm zum Auszug eine Eigentumswohnung schenkten. Bei ihm musste ich immer ganz ordentlich und reinlich sein – er war es eigentlich gewohnt, dass eine Putzfrau alles hinter ihm her wienerte. In jeder denkbaren Ecke seiner Wohnung hatte er Lappen, Schrubber und Reinigungsmilch deponiert. Sobald er die Glotze ausschaltete, stand er von der Couch auf, schüttelte die Sofakissen aus, wischte den Fernseher ab und sortierte die M&Ms im Schälchen nach

Farben. Das Gleiche verlangte er auch von mir. Besonders unerfreulich fand ich, dass ich direkt nach jedem Duschen – also noch nackt, aber ohne laufendes Wasser (die Kosten!) – die Duschkabine mit einem Abzieher komplett reinigen sollte. Nicht nur die Scheiben; nein, auch die Fliesen an den Wänden! Ich fror mir den Hintern ab, während ich da von oben nach unten mit dem Scheibenwischer rumfuchtelte. Jo stand derweil kontrollierend im Türrahmen und befahl: „Du musst richtig laaaange Bewegungen machen, damit es keine Streifen gibt!" Wie absolut erbärmlich und unerotisch!

Nach meiner letzten Nacht mit Jo, in der er sogar vorm Sex seine Socken und Boxershorts ordentlich auszog, ins Bad marschierte und alles in den Wäschekorb beförderte, hatte ich endgültig die Schnauze voll. Als ich morgens mit dem Duschen fertig war, schrieb ich mit Zahnpasta und Lippenstift an die Dusche: ICH MAG ES LIEBER LAAAANG UND SCHMUTZIG!

*Habt ihr auch schon mal dramatisch Schluss gemacht? Schreibt mir! Viele Grüße von eurer Jazz.**

Vielleicht hätte ich im Blog noch erwähnen können, dass ich noch viel mehr Blödsinn in Jos Badezimmer gemacht hatte. Aber das würde die Leser nur verschrecken. Außerdem geht es niemanden etwas an, dass die Begriffe *Jo* und *lang* ohnehin nicht zusammenpassen.

Nachdem Maxi und ich uns an einer Gemüsepfanne mit Putenstreifen sattgegessen haben, lebe ich meine kreative Phase voll aus. An manchen Tagen flutschen mir die Buchstaben nur so aus den Fingern, dann bediene ich Blog, Content-Seiten und Redaktionen, als sei es ein Kinderspiel. Andererseits gibt es Zeiten, da krieg ich keine zwei zusammenhängende Sätze rausgepresst. Doch heute bin ich gut drauf. Das macht die Diät, es ist die Euphorie der ersten Stunde. Solange meine Schwester auf mich aufpasst, gerate ich ohnehin nicht in Ess-Gefahr. Aber jetzt, wo sie wieder verschwunden ist zu ihrem geliebten Fucker, da kommt der Appetit. Ich müsste mal in eine Diätklinik gehen, das wäre bestimmt der Hit. In Gesellschaft esse ich so gut wie gar nichts, warum auch immer das so sein mag.

Um mich zu motivieren, inspiziere ich den Inhalt meines Kleiderschranks. Damit könnte ich eine ganze Boutique füllen und zwar in allen Größen von Größe 44 bis 52. Die Sachen, die zu klein geworden sind, entsorge ich nie; es könnte ja sein, dass ich irgendwann mal wieder reinpasse. Sobald ich ein Uhu bin, müsste ich meine ehemalige Lieblingsjeans über den Hintern bekommen; die habe ich bestimmt seit anderthalb Jahren nicht mehr getragen. Ob sie inzwischen unmodern geworden ist, kann ich zwar beurteilen, aber nicht berücksichtigen. Wer dick ist, zieht an, was ihm steht – nicht, was gerade angesagt ist. Es wäre so schön, wenn ich im Sommer knielange Röcke tragen könnte, ohne mich darin unförmig zu fühlen. Was mich am meisten stört, ist diese nervige Verhüllerei. Lagenlook ist nicht schön, sondern schweißtreibend!

Im Blog türmen sich die freizuschaltenden Kommentare. Eine Leserin berichtet, dass sie ihrem Lover zum Abschied einen Single-Ratgeber vor die Tür gelegt hat, darauf einen Zettel mit Grüßen von ihr, verbunden mit den besten Wünschen für die Zukunft. Eine andere hat eine Pro-und-Contra-Liste in Sachen *Beziehung* mit Excel erstellt. Am Tabellenende kam die Auswertung, die natürlich schlecht ausfiel. Sie hat ihrem kleinkarierten Freund das Ergebnis vor die Nase gehalten und gemeint, dass er sich sicherlich ausrechnen könne, was nun passiert.

Lachend beantworte ich die Zuschriften. Für die letzte Nachricht nehme ich mir etwas mehr Zeit. Irgendwas haben die kurzen Kommentare von Dannick an sich, was mich reizt. Sie gefallen mir, ich kann gar nicht genau sagen, warum das so ist.

Huhu! Sollte es jemals zu dem unwahrscheinlichen Fall kommen, dass du meine Dusche benutzt, würde ich dir vorher dein Schminktäschchen wegnehmen! Pfui! Der arme Jo! Ich leide rückwirkend mit dem Kerl. Eine Schlussmacher-Story hab ich leider nicht, weil ich forever alone bin. LG Dannick
Och, du armes Putt-Putt! Für den unwahrscheinlichen Fall, dass ich deine Dusche benutze und du mir mein Schminktäschchen wegnimmst, würde ich eben mit Shampoo und Duschgel schlussmachen. Forever happy, Jazz

Ich bin gespannt, was er als Nächstes schreibt.

4

Morgens, halb neun in Deutschland – nicht meine Zeit. Zwar bin ich häufig unzufrieden mit mir und meinem Leben, aber wenn es etwas wirklich Gutes an meinem Familienstand und Beruf gibt, dann ist es die Tatsache, dass ich so lange schlafen kann, wie ich will. Doch es gibt Ausnahmen. Heute zum Beispiel. Wer ruft mich um diese Uhrzeit an? So eine Frechheit! Wenn das nicht mindestens das Abendblatt mit einem sensationellen Auftrag für eine Samstagsausgabe ist, werde ich zum Tier.

„Justine Müller?“

„Jussy, hast du Zeit? Mir geht’s voll scheiße, du musst kommen!“, krächzt Marie aus dem Erdgeschoss in mein Ohr.

„Nur, wenn es um Leben und Tod geht. Mann, weißt du, wie spät es ist?“, sage ich gähnend.

„Jeffrey is‘ noch hier, der muss aber gleich Kindi. Bitte, Jussy, bitte, bitte, bitte. Ich hab so krass Fieber, ich kann hier nicht weg. Und ein bisschen Scheißerei.“

„Wie gut, dass ich gerade Diät mache, denn mir kommt‘s gleich hoch. Bäh, du bist echt manchmal … Marie, was willst du denn? Soll ich Jeffrey in die Kita bringen oder was? Das kann ich gar nicht! Ich kenn mich mit diesem Mütter-Ding nicht aus. Wo ist denn Micha?“

„Der ist auf Arbeit.“

„War ja klar. Okay, warte, ich komm gleich runter. Aber sag Jeffrey, dass er sich benehmen soll, wenn ich ihn bringen soll. Ich habe keine Lust auf seine Wutanfälle!"
„Danke, Jussy, echt korrekt von dir! Bis gleich."
Sehr gerne, murmle ich und krieche aus dem Bett. Ich ziehe mich komplett aus, um auf die Waage zu steigen. Sonst bin ich einfach mal so nie ganz nackig, aber in Diätzeiten ist das anders. Direkt nach dem Aufstehen Pipi machen, dann ausziehen und wiegen. Meine Konsequenz zahlt sich aus: 103,1. Heute ist die Zahl hinter dem Komma wichtig – ich glaube, Sie verstehen, wie ich das meine. Sofort ist meine Laune bestens, mir kann das matschige Winterwetter nichts anhaben. Selbst Marie und ihren Rotzlöffel von Sohn werde ich gelassen ertragen. Was ist schon dabei, einen Vierjährigen zum Kindergarten zu bringen? Man muss alles einmal gemacht haben und außerdem verbrenne ich so vielleicht ein paar Kalorien noch vor dem Frühstück.
In Jeans, Fleece-Jacke und Sneakers stehe ich vor Maries Wohnung. Man hört das Geschrei durch die geschlossene Tür. Das kann ja wieder heiter werden. Ich erinnere mich gut an Jeffreys Ausraster, als ich ihm ein Bilderbuch zum Geburtstag geschenkt habe. Leider hatte er sich eine Spielekonsole gewünscht. Wie von Sinnen prügelte er auf mich ein und schrie: „Jussy ist doof! Jussy ist doof!" Ich glaube wirklich, dass der kleine Junge mich nicht ausstehen kann. Heute werde ich an unserer Beziehung arbeiten, er ist ja schließlich noch ein Kind. Ich schaff das schon, das wäre doch gelacht.
Nachdem ich dreimal geklingelt habe, hämmere ich gegen die Tür. Das Theater bei denen übertönt sogar die Türklingel, das muss man sich mal vorstellen. Kein

Wunder, dass Marie ständig Ärger mit den Nachbarn von gegenüber und aus dem ersten Stock hat. Was habe ich ein Glück mit den Rentnern um mich herum!
„Marie, mach auf, ich bin's, Jussy! Marie!", brülle ich. Und dann: „Jeffrey, halloooo! Ich bin's, die Jussy! Mach mal auhauf!"
Endlich macht er die Tür auf, schaut mich kurz an und rennt in sein Kinderzimmer. Wumms! Die Tür war zu. Es wird nicht leicht werden, ihn zu meinem Freund zu machen.
„Ich bin hier!", ruft Marie mit heiserer Stimme aus dem Schlafzimmer.
Den Raum habe ich zuvor noch nie gesehen. Marie liegt unter pinkfarbener Satinbettwäsche schwerleidend im Bett. Wo hat sie nur all diese merkwürdigen Sachen her? An den Wänden hängen kitschige Fantasy-Bilder, vorm Fenster steht ein großer, glänzender Porzellantiger. Ich kann meine Aufmerksamkeit kaum auf Marie lenken, so sehr faszinieren mich all die bunten Scheußlichkeiten im Raum.
„Du musst ihn einfach packen, Jussy", sagt sie jetzt.
Ihre kurzen, hellblonden Haare, die sie sonst wie die Schlagersängerin Michelle trägt, stehen in alle Richtungen ab. Ohne Schminke gefällt sie mir viel besser als sonst, nur ihr albernes Fieberthermometer könnte sie mal aus dem Mund nehmen.
„Ich könnte dich besser verstehen, wenn du mal das Ding da raus nimmst", sage ich grinsend.
„Mach ich nur wegen ihn, sonst glaubt er nicht, dass ich krank bin. Wo ist er eigentlich? Jeffrey!"
„Wegen *ihm*."
„Was? Jeffrey! Komm her! Komm sofort her!"
„Ach, egal. So, wo ist seine Tasche? Braucht er noch irgendwas? Hat er eine Mütze?"

„Warte, ich mach das", sagt Marie, quält sich aus ihrer und Michas Liebeshöhle – igitt! – und schleicht in Stringtanga und T-Shirt an mir vorbei.
Das Leben ist ungerecht. Wieso ist Marie trotz zweier Kinder so schlank? Sie holt ein Trinkpäckchen und ein eingeschweißtes Sandwich aus der Küche, packt es in Jeffreys Superhelden-Tasche, nimmt eine kleine Jacke vom Garderobenhaken und reißt die Kinderzimmertür auf. Ich beobachte sie aus sicherer Entfernung; nicht, dass gleich das kleine Monster auf mich zugestürmt kommt und mit seinen Fäusten traktiert.
Mit Engelszungen redet Marie auf ihren Sohn ein, der sich weigert, von der *doofen Kacka-Jussy* zum Kindergarten gebracht zu werden. Irgendwie kann ich ihn verstehen, schließlich habe ich auch keine Lust dazu. Aber ich bin erwachsen und muss mit gutem Beispiel vorangehen. Vorsichtig nähere ich mich Jeffreys Zimmer.
„Wenn du willst, dann singen wir im Auto Quatschlieder", schlage ich vor.
Ängstlich schaut der Junge mich an. Er sieht niedlich aus und auf einmal gar nicht mehr furchterregend. Er hat Angst vor mir! Ich bin so blöd, dass ich einem kleinen Knirps zugetraut habe, er wolle mich fertigmachen.
„Das Blubb-Blubb-Lied?", fragt Jeffrey und wischt sich tapfer seine Tränen mit dem Handrücken weg.
„Klar! Aber du musst es mir beibringen, ja?"
„Okay."
Erleichtert kommt Marie aus der Hocke wieder hoch, klopft mir anerkennend auf die Schulter.
„Cool gemacht, Jussy, hast einen gut bei mir. Kannst mein Auto nehmen, da ist Kindersitz drin. Tschüss,

Jeffrey, heute kein Kussi, sonst steck ich dich an. Ciao, ihr beiden."
Schlurfend verlässt sie uns und verkriecht sich wieder in ihrem pinken Bett. Ratlos stehen Jeffrey und ich uns gegenüber.
„Hast du schon gefrühstückt?", frage ich ihn.
„Das mach ich doch im Kindergarten!", sagt er und guckt mich dabei an, als habe ich nicht alle Tassen im Schrank. So was weiß man doch!
„Ach so, na, dann können wir ja los. Zieh dich an, dann singen wir das Blubber-Lied."
„Blubb-Blubb-Lied heißt das!"
„Ach so, klar. Puh, ich habe echt keine Ahnung von Kindern."
„Hat Mama auch gesagt."
Diese blöde Kuh, der werde ich es schon zeigen! Ich schnappe mir das Kind sowie Maries Autoschlüssel und gehe zum Parkplatz im Innenhof. Auf einmal fühle ich mich wie eine richtige Mutter; ein schönes Gefühl ist das. Ob ich mal nach Jeffreys Hand greifen kann, ohne dass er mich kratzt und beißt? Tatsächlich, es klappt. Weich und warm liegt seine kleine Hand in meiner. Am liebsten würde ich sie nie wieder loslassen. Wie gerne hätte ich auch so einen Mini-Menschen, der mich bedingungslos liebt, mit mir kuschelt und mir vertraut.
Jeffrey klettert in seinen Sitz und schnallt sich alleine an. Mit wichtigem Gesichtsausdruck thront er schräg hinter mir. Ich drehe mich zu ihm um, bevor ich den Zündschlüssel umdrehe. Hoffentlich fahre ich keine Beule in Maries Wagen. Im Gegensatz zu ihrer Wohnung ist ihr quietschgrüner Ford Fiesta nämlich sehr modern.

„Auf geht die Fahrt! Fang du schon mal mit dem Blubb-Blubb-Lied an, damit ich es bald mitsingen kann."
Der Kleine singt, dass mir das Herz aufgeht. Lispelnd trällert er hochkonzentriert vor sich her. Er achtet darauf, dass ich alles verstehe. Ich habe mich soeben in einen Vierjährigen verliebt.

Zehn kleine Fische, die schwammen im Meer.
Blubb blubb blubb blubb blubb blubb blubb blubb blubb blubb
Da sagt der eine: Ich kann nicht mehr.
Blubb blubb blubb blubb blubb blubb blubb blubb blubb blubb
Ich will zurück in meinen wunderschönen Teich.
Blubb blubb blubb blubb blubb blubb blubb blubb blubb blubb
Denn hier gibt's Haie und die fressen mich gleich.
Blubb blubb blubb blubb blubb blubb blubb blubb blubb blubb
Neun kleine Fische, die schwammen im Meer …

So geht es immer weiter. Jeffrey und ich singen, zwischendurch baue ich mit Absicht ein paar Fehler ein, damit er mich empört verbessern kann.
„Doch nich acht, jetzt kommt siem!", beschwert er sich. „Du kannst ja gar nicht zählen!"
„Du bist einfach viel schlauer als ich, Jeffrey. Blubb blubb blubb blubb blubb blubb blubb …"
Als wir beim dritten Fisch angekommen sind, stehen wir bereits vorm Kindergarten.
„Kleiner Mann, wir sind da. Es ist schon spät, komm, wir müssen uns beeilen! Du musst mir unbedingt deinen Kindergarten von innen zeigen, ich kenn den doch noch gar nicht."
„Aber das Lied ist noch nicht fertig!", protestiert Jeffrey.
„Dann singen wir es ein anderes Mal zu Ende, okay?"

„Ja, heute Mittag. Du sollst mich abholen."
Ehrlich, das ist das schönste Kompliment seit Jahren. Mein Herz schlägt einen Takt schneller, ich bin richtig glücklich über Jeffreys Vertrauensbeweis. Er schlägt freiwillig vor, dass ich ihn wieder abholen soll – das kann unmöglich nur am Blubb-Blubb-Lied liegen. Er mag mich.
„Natürlich hole ich dich wieder ab. Deine Mama ist krank und soll schön in Ruhe wieder gesund werden, nicht? Kommt Chiara denn eigentlich alleine von der Schule?"
„Weiß nicht. Du sollst mich abholen und nicht Chiara!"
Hand in Hand gehen wir die paar Meter zum bunt verzierten Kita-Eingang. Das letzte Mal, dass ich einen Kindergarten betreten habe, liegt geschätzte 26 Jahre zurück. Es ist wahnsinnig laut, warm und chaotisch, aber sehr gemütlich. Wenn man klein ist, ahnt man nicht, dass es nie wieder so sicher und vertraut wie in solch einem Mikrokosmos sein wird. Jeffrey rennt zur Garderobe vor, setzt sich auf eine kleine Bank, zieht Schuhe aus und Crocs an, entledigt sich seiner Jacke und hängt die Tasche an einen Haken. Wie selbstständig er schon ist! Ich bin stolz, als wäre er mein eigener Sohn. Zwischen all den Müttern, Vätern und Erzieherinnen falle ich gar nicht auf, es ist eine Rolle, in der ich mich absolut wohlfühle. Außerdem gibt es hier mehrere Personen mit breitem Hintern, was mein Selbstbewusstsein sofort aufwertet. Doof, aber ist so.
Eine junge Erzieherin stellt sich neben mich, ich erkenne sie daran, dass sie weder Jacke noch feste Schuhe trägt.
„Guten Morgen, Jeffrey. Na, hast du heute eine neue Freundin dabei?"

Jeffrey guckt sich suchend um. Sein Blick sagt: *Welche Freundin?* Verlegen schaut er auf seine Fußspitzen.
„Jeffreys Mama ist krank, darum fahre ich ihn heute. Wir wohnen im gleichen Haus", helfe ich meinem kleinen Kumpel aus der Patsche.
„Das ist Jussy, wir haben gerade *Zehn kleine Fische* gesungen!", sagt er stolz.
„Ich dachte, das heißt das Blubb-Blubb-Lied", protestiere ich.
„Nur aus Spaß."
„Ach so. Also, Jeffrey, bis später, wir singen nachher dann weiter. Tschüss!"
„Ein Kussi noch!", sagt er und spitzt die Lippen.
So cool wie möglich beuge ich mich zu ihm herunter und drücke ihm einen Kuss auf den kleinen Mund. Tatsächlich fange ich vor Rührung gleich an zu heulen.

***

In meinem Tönespuckerin-Mail-Postfach ist eine E-Mail angekommen – von Dannick! Vermutlich ist er ein hässlicher, einsamer Nerd, aber trotzdem freue ich mich. Außerdem bin ich selbst ein dicker Sonderling, der vor Freude weint, wenn ein Vierjähriger lieb zu ihm ist. Ich sollte mich irgendwann mal mit der Tatsache anfreunden, dass ich niemals das Interesse von Ryan-Gosling-Typen erwecken würde – selbst, wenn ich 40 Kilo abnehmen würde. Und das weiß ich inzwischen: Irgendwo ist eine natürliche Grenze bei mir eingebaut. Unter 70 Kilo käme ich nicht mehr in diesem Leben, sofern ich noch etwas Spaß haben möchte. Gutes Essen gehört für mich auf jeden Fall zur Lebensqualität. So gerne ich auch schlank sein möchte, aber eine Bikinifigur muss ich nicht haben. Ich möchte einfach

nicht mehr auffallen, normal aussehen, mich von der Stange kleiden können. Das ist es, was ich erreichen will.
Früher war das anders, ich jagte dem gängigen Schönheitsideal hinterher, weil das eben jeder so macht. Aber was ich auch anstellte, ich sah nie so zierlich wie meine Freundinnen aus. An mir war schon immer alles groß und kräftig. Gott sei Dank habe ich den üppigen Busen meiner Mutter nicht geerbt – oben rum bin ich vergleichsweise schmal gebaut, erst hüftabwärts geht das Elend los.
In meiner Familie haben fast alle Frauen zu viel auf den Rippen. Meine Mutter, beide Omas, meine Tanten, meine Schwester – da ist niemand dabei, der unter Größe 40 hat. Schon als Kind trug ich eine kleine Wampe vor mir her. Neidisch schnappte ich Satzfetzen der Erwachsenen auf, wenn diese sich über zu dünne Kinder unterhielten. Man machte sich Sorgen um sie, wenn sie nichts aßen oder krank waren, rannte mit Kraftbrühe hinter ihnen her oder päppelte sie in Kinderkuren an der Nordsee mit Kartoffelgerichten auf. Um mich musste man sich diese Sorgen nie machen. Meine Mutter erzählte gerne in großer Runde, dass sie ihrer Justine so gerne mal einen hübschen Gürtel kaufen würde, aber stattdessen immer für ausreichend Gummibänder sorgen müsse. Damit musste ich nämlich meinen offenstehenden Hosenstall befestigen, wenn eine Jeans zu klein geworden war. Ich habe es gehasst, aber die Sehnsucht nach Gürteln ist zu einem Lebensmotto geworden. Nicht, dass Sie das jetzt falsch verstehen!

**Hi Jazz!
Ich hoffe, es ist okay, dass ich dir eine Mail schicke anstatt zu kommentieren. Wenn nicht: Einfach löschen! Vermutlich schreiben dir jede Menge Fans, darunter auch ein paar nervige Deppen, aber ich schwöre dir: Ich bin mehr Fan als Depp. Jedenfalls ist dieses der erste Fan-Brief meines Lebens.
Dein Blog ist einfach genial! Ich habe mich jetzt durch all deine Beiträge gelesen und mich echt kaputtgelacht. Im echten Leben habe ich noch nie eine Frau getroffen, die so viel Humor hat wie du. Aber ich höre lieber erstmal auf, nicht, dass du noch Angst vor mir bekommst.
Dannick**

Wow! Meine Wangen glühen vor Aufregung, es ist so ein tolles Gefühl, wenn man Leserbriefe dieser Art bekommt. Ich gehe mal stark davon aus, dass es der gleiche Dannick wie in den Kommentaren ist – hoffentlich! Dannick irrt sich gewaltig: Mails erhalte ich an diese Adresse so gut wie gar nicht. Zwar kommentieren im Blog viele Leser, dass ihnen meine Schreibe gefällt, aber es gibt auch ziemlich bescheuerte Leute, die einen wüst beschimpfen. Eine E-Mail wie diese habe ich noch nie erhalten, zumindest nicht von einem Mann. Ob es wirklich ein Mann ist? Bestimmt ist es ziemlich uncool, wenn ich schnell antworte, aber so bin ich halt – ich bediene meine Fans sofort. Außerdem muss ich mich ablenken. Nachdem ich Jeffrey im Kindergarten abgeliefert hatte, kam ich vor Hunger fast um. Immerhin gab es meine letzte Mahlzeit gestern Nachmittag! Nun habe ich mein Vollkornbrötchen mit Quark und Tomate zwar verdrückt, aber schiebe immer noch Kohldampf. Bevor ich es mir anders überlege und das zweite Brötchen esse, schreibe ich lieber Dannick.

**Huhu!*
Das sagst du doch sonst immer zur Begrüßung, oder gibt es zwei Dannicks? Angst habe ich jedenfalls nicht vor dir, sondern mich riesig über deine Zeilen gefreut. Vielen Dank! Humorvoll bin ich gar nicht immer, meistens bin ich ein ganz normaler, langweiliger Mensch. Ich habe noch nicht mal ein richtiges Hobby. Du?
*Viele Grüße, Jazz**

Zitternd vor Aufregung drücke ich auf *Senden*. Ich fürchte, ich klinge ein bisschen verzweifelt. Kaum, dass mir ein Mann Honig um den Bart schmiert, gehe ich ab wie ein Zäpfchen, frage ihn sogar nach seinen Hobbys. Na ja, jetzt ist es zu spät. Reg dich ab, Jussy, du bist lediglich sexuell unterversorgt.
Meine nächste Mahlzeit nehme ich erst in zwei Stunden zu mir, trotzdem fange ich bereits jetzt mit dem Gemüseschneiden an. Heute gibt es eine sehr gesunde Gemüsesuppe, allerdings nehme ich Brühe aus dem Glas. Während ich Kohlrabi, Möhren, Kartoffeln und Lauch schnipple, singe ich das Blubb-Blubb-Lied vor mir her. Ich stelle mir vor, dass ich zwanzig Kilo leichter bin und mich mit Dannick treffe, einem großen, dunkelhaarigen Kerl mit Drei-Tage-Bart. Bewundernd schaut er mich an, sein Blick wandert über meinen drallen Körper, der zwar immer noch füllig, aber wohlproportioniert ist. Er mag jedes Gramm an mir … Autsch! Verdammte Kohlrabi, das ist einfach nicht mein Gemüse. Fluchend verarzte ich meinen blutenden Zeigefinger mit einem Tigerpflaster und schiebe den Traummann gedanklich beiseite.

***

Marie hat mir seit heute Morgen drei SMS geschrieben. So langsam geht sie mir wirklich auf die Nerven; ich habe begriffen, dass sie sehr dankbar über meine Fahrdienste ist. Außerdem scheint ihr langweilig zu sein. Sie teilt mir mit, dass jetzt der Rücken voll weh tut vom Liegen, dass Chiara nachmittags zum Zappeln muss, was immer das auch sein mag, und dass ich zum Quatschen runterkommen könne. Nein, danke. Ich antworte einfach gar nicht mehr, sie muss begreifen, dass ich arbeite.

Ehrlich gesagt arbeite ich gar nicht, sondern durchforste das Internet nach Diät-Tipps und Ballkleidern. Es ist immer wieder erstaunlich, für was man alles Geld ausgeben kann. Fasziniert bleibe ich bei Frigi-Thalgo-Wickeln hängen, die aussehen, als habe man sich als Mumie zum Fasching verkleidet. Getränkt mit irgendeinem Algenzeugs zaubern sie Cellulitis und Fett weg. Natürlich, ich glaube kein Wort, aber trotzdem kann ich nicht damit aufhören, solche Wundermittel zu studieren. Vielleicht sollte ich mich einmal als Produkttester für Diät-Artikel bewerben. Ob es so was gibt?

Endlich ist es soweit und ich kann wieder zum Kindergarten fahren. Zusammen mit gefühlt fünfzig anderen Müttern – jetzt bezeichne ich mich schon als Mutter – falle ich direkt ins Gewusel ein. Wie ich jetzt *mein* Kind finden soll, ist mir schleierhaft. Hier könnte ich nicht arbeiten; ich bin mal wieder mehr als froh über mein ruhiges Home-Office.

„Jussy!", ruft Jeffrey und kommt mir entgegengerannt.

„Nicht rennen!", ermahnt ihn ein altkluges Mädchen von etwa fünf Jahren.

Mein kleiner Schatz drosselt das Tempo, kommt auf mich zu und bleibt schüchtern vor mir stehen. Ich

wette, er wollte mich in den Arm nehmen, hat es sich im letzten Moment aber doch noch anders überlegt.
„Hey, Jeffrey, war's schön heute?"
„Nee."
„Oh, warum denn nicht?"
Er sagt nichts, schiebt seine Unterlippe vor. Da ist er ja wieder, der Jeffrey, den ich vorher kannte. Galant gehe ich darüber weg.
„Ist ja auch egal. Wollen wir los, nach Hause?"
„Ich will Hamburger."
„Das heißt *ich möchte*. Außerdem sind Hamburger ungesund. Wir fahren jetzt zu deiner Mama. Los – wer als Erster beim Auto ist! Zu Hause wartet dein Mittagessen auf dich."
Ein Königreich für einen Hamburger, Pommes und Cola. Aber ich bin die Erwachsene, Jeffrey ist das Kind. Marie würde … Nichts würde sie. Bei ihr habe ich schon häufiger Fast Food gesehen. Allerdings bei mir auch. Bestimmt hat man als Mutter noch häufiger ein schlechtes Gewissen, als man es ohnehin schon dauernd aufgedrückt bekommt. Ich weiß überhaupt nicht, ob Marie in ihrem Zustand gekocht hat, aber das ist nun wirklich nicht mein Problem. Resolut greife ich nach Jeffreys Hand und ziehe ein bisschen daran. Hoffentlich verhaftet mich nicht gleich eine Erzieherin. Ein vorsichtiger Blick nach links und rechts zu den anderen beruhigt mich wieder: Ich bin nicht allein, fast jeder hilft mit sanftem Druck nach.
Bis Jeffrey sich fertig angeschnallt und mir alle selbstgemalten Bilder des Tages präsentiert hat, bin ich schon fix und fertig. Obwohl ich gar nichts Besonderes gemacht habe, fühle ich mich erschöpft. Kinderhaben ist doch anstrengender, als ich dachte. Mein liebevolles Gefühl von heute früh verflüchtigt sich ein wenig. Ist ja

auch gut so; nicht, dass ich den Bengel noch entführe. Schweigend fahren wir heim. Vor seiner Wohnungstür schaut er mit großen Kulleraugen zu mir hoch.
„Du, Jussy?“
„Hm?“
„Du bist lieb.“
Mein Herz geht auf. Ich habe einen neuen, kleinen Freund gefunden.
„Du auch, Jeffrey. Bald fahre ich dich wieder, wenn du willst.“
Marie öffnet die Tür und sieht noch genauso fertig wie vorhin aus. Ich überlege kurz, ob ich ihr anbiete Jeffrey mit hochzunehmen, aber ich muss noch einen Artikel über den Kreis Biberach schreiben.
„Na, mein Schatz, wie war Kindi? War er lieb?“, fragt Marie uns beide.
Jeffrey antwortet nicht, sondern rauscht an seiner Mutter vorbei. Ich höre Michas und Chiaras Stimmen. Gut so, dann kann ich ruhigen Gewissens gehen.
„Er war ganz lieb, alles prima. Gute Besserung, Marie! Ich muss was tun, man sieht sich. Tschüss!“
„Tschüss! Danke!“, sagt Marie, und dann, während sie die Tür schließt zu ihrer Familie: „Wir können essen. Papa hat Mäcces mitgebracht!“

5

Oje, auf meinem Konto sieht es übel aus. Schnell schließe ich das Browser-Fenster, damit ich das Elend beim Online-Banking nicht mehr sehen muss. Gerade eben hatte ich noch überlegt, ob ich mir Fresspakete ins Haus schicken lasse. Das gibt es nämlich: Fertiges Diät-Essen für den ganzen Tag. Man bekommt wochenweise seine Futterrationen zugeteilt, zum Beispiel scheibenweise abgepacktes Schwarzbrot (ja, ja, ich weiß, Umweltsünde), kleine Döschen mit Marmelade und Quark. Für mittags gibt es Sachen zum Aufwärmen in der Mikrowelle – zumindest auf den bunten Bildern im Internet sieht das sehr lecker aus. Dann werden noch Müsliriegel und anderes Zeug angeboten, das nicht schmeckt. Trotzdem sprechen mich solche Angebote sehr an, denn ich neige zum Selbstbetrug.

Es ist nun sowieso vorerst kein Thema, weil ich fast pleite bin. Es hilft alles nichts – noch bevor ich die neue Mail von Dannick öffne, erledige ich den Biberach-Artikel. Ich habe zwar keine Ahnung, wo der Kreis Biberach überhaupt liegt und was ich darüber Informatives schreiben könnte. Doch darauf kann ich jetzt keine Rücksicht mehr nehmen. Wenn Texte angeboten werde, greife ich meistens erstmal zu. Ich habe auch schon über den Hudson River geschrieben, ohne ihn je gesehen zu haben. Und eine Anleitung verfasst, wie man eine Mango aufschneidet, obwohl die mir nicht ins Haus käme. Die rechtliche Lage in Hessen

erläutert, wenn die Mittagsruhe gestört ist und so weiter und so fort.
Ich versuche mir immer meine Tätigkeit damit schönzureden, dass ich dabei eine Menge fürs Leben lerne. Die Recherche für den Kreis Biberach allerdings ist so öde, dass mir fast die Augen zufallen. Mühsam quetsche ich mir ein paar hochtrabende Sätze über den Landkreis im Regierungsbezirk Tübingen aus den Rippen und berichte davon, dass die natürliche Grenze zu Bayern die Iller ist. Endlich kann ich mich vom Herz Oberschwabens ab- und Dannicks Mail zuwenden. Ich schäme mich vor mir selbst, dass ich deswegen aufgeregt wie ein Teenager bin.

**Huhu Jazz (ist das dein richtiger Name? Haha! Jessica vielleicht?)*
Es kann nur einen Dannick geben, nämlich mich. Du musst mir deinen nicht verraten, aber ich sage dir jetzt meinen richtigen Namen: Ben. So, hätten wir das auch geklärt. Immerhin bist du meine erste Brieffreundin seit der Grundschule. Damals habe ich mir mit einem Mädchen in England geschrieben. Peinlich, ich habe sogar ihren Namen vergessen! Jedenfalls geschah es unter Zwang, weil unsere Lehrerin das so wollte. Dass ich dir jetzt so gerne schreibe, ist fast ein Wunder. Normalerweise schaffe ich noch nicht mal einen ganzen Einkaufszettel.
Ich glaube, wir sind beide Langweiler. Außer hin und wieder ins Fitnessstudio zu gehen, habe ich keine Hobbys. Findest du das schlimm? Richtige Männer sollten vermutlich Fußball spielen, aber ich kann dafür mit Fingerknacken dienen.
Du bist dran!
*Ben**

Ich wusste es. Von der ersten Zeile an wusste ich es. Ben ist mir mehr als sympathisch, ich finde ihn richtig

… gut. Süß wäre jetzt zu viel gesagt, denn ich habe immer noch keine Ahnung, wie alt er ist und vor allem wie er aussieht. Sein Vorname lässt allerdings darauf schließen, dass er kein alter Sack ist. Er geht manchmal ins Fitnessstudio! Minuspunkt, oje. Für alle anderen Frauen wäre das sicherlich etwas Positives, aber ich bekomme auf der Stelle Minderwertigkeitskomplexe. Vermutlich hat Ben es gar nicht nötig, täglich in die Mucki-Bude zu rennen – weil er ohnehin schon einen Traumbody hat. Vielleicht halten Sie mich jetzt für verrückt, denn es ist wirklich schwer zu erklären. Ich mag nämlich Typen mit Muskeln und Waschbrettbauch, finde sie sogar richtig toll. Aber ich möchte trotzdem jemanden finden, der einerseits knackig und sexy ist, andererseits aber mit seinem Aussehen nicht gleich für einen Herzinfarkt sorgt.
Dass ausgerechnet ich die Messlatte so hoch lege, ist total bescheuert. Nun wissen Sie auch, warum ich vermutlich für den Rest meines Lebens Single sein werde. Weder will *ich* jemanden, noch will *mich* jemand. Das alles spricht dafür, dass ich Ben weiterhin als kleinen Online-Flirt betrachte. Ich kann mir mit ihm schreiben, was immer ich mir wünsche. Wir werden uns niemals sehen, ich kann einfach jemand anders sein, zumindest optisch. Gut, dass ich im Blog nie von meinen ernsthaften Figurproblemen berichtet habe. Zwar erwähne ich hin und wieder mal ein paar typische Diät-Themen, aber näher gehe ich nie drauf ein. Mir reicht der Blick in den Spiegel, da muss ich nicht noch drüber schreiben. Übermütig mache ich mich an die Antwortmail.

**Hallo Ben (ich will nicht immer Huhu sagen, das ist schließlich dein Gruß),*
irgendwie bin ich froh, dass du nicht Walter oder Heinz heißt. Man weiß ja nie. Jazz ist einfach nur ein Nickname in irgendeiner Community, in der ich vor Jahren aktiv war. Der Name gefiel mir so gut, dass ich ihn für die Tönespuckerin übernommen habe. Bitte sei so gut und erwähne das nicht in Kommentaren im Blog, ja? Tatatata, hier ist nämlich mein richtiger Name: Justine.
Fingerknacken ist ausgesprochen ekelig und ein eindeutig männliches Hobby. Deinen Fußballerkomplex kannst du also getrost vergessen. Schlimm ist allerdings, dass du deine kleine englische Brieffreundin vergessen hast. Vielleicht ist sie inzwischen mit Prinz William verheiratet. Was dir alles entgeht! Namen vergesse ich nie, ich kann mich sogar noch an meinen ersten Kindergartenfreund erinnern. Am liebsten habe ich nämlich immer mit Jungs gespielt.
Was machst du eigentlich so, wenn du nicht deinen Körper stählst oder fremde Frauen in Mails zum Lachen bringst?
*Jussy**

Ohne es mir noch einmal anders zu überlegen, schicke ich den Brief ab. Mein Herz schlägt bis zum Hals. Vielleicht war ich doch viel zu aufdringlich. Ich interpretiere bestimmt zu viel in alles rein, am anderen Ende der Leitung sitzt ein widerlicher Typ, der sich freut, wie schnell das alles geht. Ich bin eine ausgehungerte, leichte Beute. Um mich abzulenken, schalte ich den Fernseher ein. Es läuft *Aktenzeichen XY*, eine Sendung, die ich schon in meiner Kindheit zum Fürchten fand. Gesucht wird gerade eine junge Frau, die spurlos verschwunden ist, nachdem sie sich vermutlich mit einem unbekannten Internetkontakt

getroffen hat. Mich gruselt's und ich schalte lieber wieder aus.
Meine Gedanken spielen verrückt. Im Bett wälze ich mich unruhig hin und her, stelle mir vor, wie ich Ben treffe. Er hat kein richtiges Gesicht, mir fehlt die Vorstellungskraft, wie er aussehen könnte. Dafür stelle ich mir ganz andere Dinge vor, die mir den Atem rauben. Mit glühenden Wangen klettere ich wieder aus dem Bett. Vor lauter Herzrasen habe ich glatt das Essen vergessen. Ich bilde es mir bestimmt ein, aber ich fühle mich ein bisschen leichter. Mein Bauch ist so schön leer, ich mag das Gefühl. Es ist viel zu früh für eine motivierende Modenschau mit Klamotten in einer Nummer kleiner. Trotzdem entkleide ich mich komplett, steige auf die Waage. Vor Schreck kneife ich die Augen zusammen, mache sie wieder auf, reibe mit den Fingern an ihnen. Gehe von der Waage runter, lass die Digitalanzeige ausgehen. Tippe mit dem Fuß drauf, damit die 0 erscheint. Und betrete erneut das Höllengerät. Schon wieder. Ich wiege nur noch 102,3 Kilo! Nicht mehr lange, dann bin ich ein Uhu! Jetzt esse ich erst recht nicht mehr, denn morgen früh wird es noch weniger sein.
Überglücklich setze ich mich doch noch einmal an den Computer. Ich bin viel zu happy, um gleich zu schlafen. Aus dem Themen-Pool meines Lieblingsmagazins für sinnlose Ratgeberartikel schnappe ich mir zwei belanglose Aufträge. Ich soll einen Wandaschenbecher anpreisen, damit er Rauchern schmackhaft gemacht wird und erklären, wie man schwarze Wandfarbe richtig überstreicht. Mach ich doch gerne an diesem Glückstag!

***

„Die meisten Unfälle passieren im Haushalt! Sagt Mama doch auch immer. Mensch, Jussy, du machst aber auch immer einen Scheiß.“

Maxi wühlt in meinem Kleiderschrank nach Handtüchern und hält einen Vortrag über häusliche Sicherheit. Das kann ich jetzt wirklich sehr gut gebrauchen. Jammernd liege ich auf dem Bett, im Rücken vier Kissen, sodass ich meine Schwester gut beobachten kann.

„Bring nicht alles durcheinander! Nimm die weißen Handtücher und fertig. Maxi! Lass das bitte liegen! Hey, hörst du mir überhaupt zu?“

„Was ist denn da drin?“, fragt Maxi und will sich an meinem geheimen Schuhkarton zu schaffen machen.

Aber da guckt niemand rein, ich würde vor Scham im Erdboden versinken.

„Lass den Karton bitte zu. Privatsphäre, verstehst du?“, sage ich mit leichter Panik in der Stimme.

„Sag bloß, du hast da Sexspielzeug drin! Ich fass es ja nicht! Hahaha!“, schüttet Maxi sich vor Lachen aus.

Man könnte meinen, ich sei die Ältere von uns beiden, so unreif, wie sie sich verhält. Mein Knie tut höllisch weh, jede Bewegung schmerzt. Ich kann mich noch nicht mal ein bisschen zurechtdrehen, schon schreie ich auf. Und das alles nur, weil ich auf der Stelle gejoggt habe. Ja, Sie haben richtig gelesen. Es ist an Peinlichkeit nicht zu überbieten. Wer, außer mir, joggt im Wohnzimmer wie eine Geisteskranke, weil sie sich draußen nicht traut? Und vor allem: Wer verdreht sich dabei das Knie? Ich schäme mich so und ärgere mich, dass ich Maxi keine Lüge erzählt habe. Ich hätte behaupten können, dass ich beim Gardinenaufhängen von der Leiter gefallen bin. Allerdings habe ich überhaupt keine Leiter.

„Blödsinn, das ist was anderes. Mach jetzt endlich mal meinen Quarkwickel fertig! Das tut so weh!"
„Ja, ja", sagt Maxi, während sie vorsichtig zwei Handtücher unter meinen Beinen ausbreitet, damit nicht gleich alles vollschmiert.
Sie geht in die Küche, kommt mit 500 Gramm Quark zurück.
„Wie soll ich das jetzt auf dein Bein schmieren? Einfach so draufklatschen? Meinst du nicht doch, dass wir lieber zu einem Arzt fahren sollen?", fragt sie.
„Nee, was soll der denn machen? Ich muss das Knie bestimmt nur ein bisschen schonen und kühlen. Aber nicht zu doll, das hab ich mal im Fernsehen gehört. Mit Kühl-Akkus kann man viel verkehrt machen, weil der Temperaturunterschied zu groß ist. Darum besser Quark. Los, mach drauf."
„Kannst du das nicht selbst machen? Bah, das stinkt!"
„Nein, ich bin der Patient. Aua!"
Ich führe mich auf wie Larissa aus dem Dschungelcamp. Wenn ich mich nicht bewege, geht es. Der Quark stinkt auf meinem Bein vor sich hin und Maxi schmeißt sich zu mir aufs Bett. Hoffentlich reicht diese Behandlung aus; ich bezweifle es allerdings stark, aber lasse mir nichts anmerken.
„Meine Diät funktioniert übrigens!", prahle ich.
„Ja, ist mir gleich aufgefallen."
„Sehr witzig. Nein, im Ernst, ich bin absolut brav. Wenn das so weitergeht, könnte es wirklich gut sein, dass ich auf Irinas Hochzeit Größe 46 tragen kann."
„Das sind zwei Kleidergrößen, Jussy, meinst du nicht, du steckst dir die Ziele zu hoch? Lass die Sache mit dem Sport einfach, das tut dir nicht gut, wie man sieht. Dann nimmst du trotzdem ab, aber bleibst unverletzt."

„Es war ein Unfall! Das kann jedem passieren. Ich habe mich einfach nicht … genügend aufgewärmt vorher. Genau, ich hätte mich vorher aufwärmen sollen."
Nach einer kurzen Schockminute prusten wir beide los. Als wenn wir uns jemals für irgendetwas vorher aufgewärmt hätten.
„Darf ich trotzdem was essen?", fragt Maxi. „Wenn ich hier schon den Krankenpfleger spiele, möchte ich es wenigstens nett haben."
„Ja, kannst du. Das stört mich nicht."
Ich bin eine wirklich gute Lügnerin. Mir ist nach einem tröstenden Frustessen, aber schnell rufe ich mir Ben ins Gedächtnis. Ich will ihn ja gar nicht sehen, niemals. Aber falls doch, dann nicht mit diesem Kampfgewicht. Ben ist ohne sein Wissen zu meinem Abnehm-Motivator geworden.
„Du, Maxi? Kannst du heute bei mir schlafen? Ich trau mich ja gar nicht aufs Klo zu gehen!"
„Unter einer Bedingung."
„Die da wäre?"
„Du zeigst mir deinen geheimnisvollen Schuhkarton!"
„Pah! Da kannst du lange drauf warten. Lieber verrecke ich hier mutterseelenallein. Los, mach dir was zu essen und dann geh zu deinem Christian F.!"
Es war klar, dass Maxi keine Ruhe geben würde. Wir nerven uns immer so lange, bis die jeweils andere nachgibt. Sie bohrt und bohrt, bis ich irgendwann einwillige. Dann soll sie eben gucken, sie ist schließlich meine Schwester und findet es vielleicht gar nicht so schlimm. Sobald ich mein Okay gebe, rennt sie wie von der Tarantel gestochen zum Schrank und holt feierlich den Peter-Kaiser-Karton hervor. Darin befanden sich vor langer, langer Zeit meine ersten richtig teuren High Heels. Inzwischen sieht es doof aus, wenn ich extrem

hohe Absätze trage – wie Miss Piggy. Ehrlich gesagt tun mir dann auch schnell die Knie weh; allerdings längst nicht so doll wie jetzt.
Wie eine kostbare Schatzkiste trägt Maxi den Pappkarton aufs Bett. Mir wird schlecht.
„Ich glaub, ich muss kotzen!"
Ich will aufstehen, aber mein Knie tut höllisch weh. Vor Schmerz schreie ich genauso laut auf wie schon vor einer halben Stunde. Es ist überhaupt noch nicht besser geworden, so ein Mist! Maxi rennt zum Papierkorb, reicht ihn mir. Ein bisschen übergebe ich mich rein, dann hat sich mein Magen schon wieder beruhigt.
„Maxi …", jammere ich. „Was mach ich denn jetzt?"
„Du kommst doch so nie im Leben die Treppe runter. Scheiße, jetzt muss ich auch noch deinen Papierkorb saubermachen, bäh. Ob ich einen Krankenwagen anrufen soll?"
„Und dann? Die können mich doch nicht auf einer Trage bis nach unten schleppen! Manno, so ein Mist!"
„Natürlich können die das, das ist doch ihr Beruf. Ich mach mir langsam echt Sorgen um dein Bein. Vielleicht ist da ja was gebrochen oder gerissen. Was weiß ich. Jedenfalls musst du zum Arzt. Der Quark hilft doch einen Dreck. Soll ich mal Mama fragen?"
„Oh Gott, bloß nicht! Bitte nicht, nicht Mama! Ruf von mir aus im Krankenhaus an. Wie peinlich! Es ist schon nach neun Uhr, dann bin ich ja ein Notfall!"
„Das bist du morgens auch, du Dussel. Die Ärzte haben jetzt eh alle Feierabend, du musst sowieso ins Krankenhaus."
Ich habe Angst. Was ist mit dem verdammten Knie? Wie komme ich aus meiner Wohnung raus? Und vor allem: Wie komme ich aufs Klo? Ich mach mir gleich in die Hose! Hilflos fange ich an zu weinen – bis eben

konnte ich mich noch zusammenreißen, aber jetzt bricht es aus mir raus. Ich bin müde, hungrig, muss mal und außerdem will ich nicht ins Krankenhaus.
Maxi schaut mich entsetzt an, drückt mir einen Kuss auf die Stirn und geht dann mit dem Telefon aus dem Zimmer. Ich höre, wie sie mit jemandem telefoniert, aber verstehe nur Bruchstücke. Die Tränen versiegen einfach nicht. Als Maxi zurückkommt, beiße ich die Zähne zusammen und weise sie wortlos an, mir beim Aufstehen zu helfen. Ich muss sofort auf die Toilette, sonst wird alles noch peinlicher. Unter größter Anstrengung schaffen wir es. Maxi hebt sich vermutlich fast einen Bruch. Bei der Aktion können wir nicht sprechen, so viel Kraft kosten die paar Meter. Maxi zieht mir sogar die Hose runter. Als ich mich endlich auf die Klobrille setze, stöhne ich vor Schmerz und Erleichterung. Ich glaube, so lange und viel habe ich noch nie im Leben Pipi gemacht.
„In zehn Minuten sind die Lebensretter da. Vielleicht ist ja der Bergdoktor dabei“, sagt Maxi.
„Was, so schnell? Oh Gott! Pack ein paar Sachen für mich ein, bitte! Neben der Garderobe ist die große, braune Tasche. Zahnputzzeug, Geld. Meine Versichertenkarte, die bei den Papieren. Beides muss mit, Brieftasche, Portmonee, hörst du?“
Von der Toilette aus dirigiere ich meine Schwester hin und her. Ich bin längst fertig mit dem Pinkeln, aber alleine komme ich hier auch nicht weg. Maxi soll lieber erstmal die Tasche fertig packen.
„Und die Leggins, Maxi, die schwarze! Das T-Shirt, was auf dem Stuhl liegt und die Sweatjacke. Aber nicht die rosane!“

„Ja, ich mach das schon, nun entspann dich mal. Soll ich dich holen? Nicht, dass die Sanitäter dich vom Pott hieven müssen!"
Haha, wirklich sehr witzig. Aber jetzt bloß nicht streiten, ich will auf gar keinen Fall alleine sein. Hochkonzentriert ziehe ich mir im Sitzen Slip und Hose hoch. Ich bin schon fast ein Profi darin, mein rechtes Knie dabei nicht zu bewegen.
„Hol mich vom Scheißhaus!", rufe ich und kann endlich mal wieder lachen.
Außerdem gelingt es mir etwas besser, den Schmerz zu kontrollieren. Gemeinsam schleppen wir meinen zarten Körper zurück zum Bett. Kaum, dass ich mich erschöpft langmachen kann, klingelt es schon an der Haustür. Maxi macht sich super als Pflegehilfe. Als habe sie noch nie etwas anderes getan, dirigiert sie die Männer zu mir und erklärt nebenbei, was passiert ist.
Dann stehen sie vor mir in ihren orangefarbenen Hosen, zwei Kerle in unserem Alter. Der eine ist groß, blond und sehr kräftig. Das weiße T-Shirt spannt etwas am Bauch. Er sieht sympathisch aus und ist bestimmt stark genug, mich die Treppe runter zu schleppen. Der andere dunkelhaarige Mann ist ein ganz schmales Hemd; das ist bestimmt derjenige, der nicht rückwärts die Treppe runtergehen muss, sondern mich am Kopfende trägt. Ich habe keine Ahnung, ob einer von den beiden Arzt ist, aber es ist mir auch egal.
„Guten Tag, Ihre Schwester hat schon von Ihrem Missgeschick berichtet. Wo genau tut es denn weh?"
Irre ich mich oder höre ich da einen leisen Ton Ironie in seiner Stimme?
„Ja, also, hier", sage ich und zeige auf die Stelle am Knie.
„Hm, können Sie das Bein bewegen? Laufen?"

„So gut wie gar nicht, es tut höllisch weh, ich habe es eben nur schreiend einmal zur Toilette geschafft.“
Der Blonde fummelt an meinem Knie rum, kommt aber zu keinem Ergebnis. Hätte mich auch sehr gewundert, ich bin ja schließlich nicht blöd. Gut, dass ich meine Beine erst gestern rasiert habe. Er fragt mich, ob ich ein Schmerzmittel genommen habe, ich verneine. Man könne mir jetzt schon eine Infusion legen oder später im Krankenhaus – wie ich auf einer Skala von 1 bis 10 den Schmerz einordnen würde. Ich bin kurz davor, *Zehn* zu heulen, aber beherrsche mich. Jetzt auch noch mit Tropf die Treppe runtertransportiert zu werden, ist mir eindeutig zu doof. Also sage ich: „Sieben. Ich halt das schon aus. Bestimmt ist nur was ausgerenkt.“
„In einer Stunde wissen Sie mehr. Na, dann wollen wir Sie mal hier rausschaffen.“
Oh Gott, ist das alles peinlich. Wie eine Elefantenkuh hieven sie mich auf eine schmale Trage, decken mich zu und schnallen mich fest. Am liebsten würde ich schlafen, ich bin so erschöpft. Maxi bewacht alles wie eine Oberschwester, fragt, ob sie hinterherfahren kann. Gut, dass sie mich nicht lange alleine lässt; ich fühle mich wie ein Kind, nicht wie eine Erwachsene.
Ich habe mich völlig zu Unrecht verrückt gemacht, denn meine Retter scheinen nicht einmal zu schwitzen, während sie mich durch das enge Treppenhaus manövrieren. Hin und wieder fasst mir der Blonde tröstend an die Schulter und lächelt. Ab heute bin ich Sanitäter-Fan – die sind ja so was von nett! Mir wird immer müder zumute. Ob ich einfach mal die Augen schließe? Oder denken die dann, dass ich mich übertrieben angestellt habe? Wer einfach so wegratzt, kann so schlimm nicht verletzt sein. Ich mache es

trotzdem … herrlich. Im Krankenwagen muss ich leider lauter Fragen zu meiner Person beantworten, sogar mein aktuelles Gewicht. Ich wäre mal wieder sehr gerne ein Uhu. Krankenwagen fahren ist jedenfalls unspektakulärer, als ich dachte. Zumindest, wenn man nur mittelkrank wie ich ist. Kein Tatütata, kein Blick nach draußen möglich – ich rausche durch die Dunkelheit und befürchte beinahe, dass ich eine Spontanheilung habe. Ach du Schande, tut es womöglich gar nicht mehr weh?

***

„Natürlich hat er mit dir geflirtet!", meint Maxi.
„Quatsch. Hör auf mit deinen Verkupplungsversuchen! Wieso sollte er ausgerechnet mit mir flirten, wo er doch genau weiß, was ich für eine Wuchtbrumme bin?"
„Du hast wirklich einen ausgewachsenen Komplex, Jussy, das ist schon pathologisch!"
Ich muss lachen. „Du weißt noch nicht mal, was pathologisch überhaupt ist. Mann, wo bleibt denn jetzt bloß die Ärztin schon wieder? Hier könnte man locker wegsterben, das würde kein Mensch merken."
Wir warten und warten. Zuerst im Wartebereich des Krankenhauses, dann im Behandlungszimmer, anschließend vorm Röntgenraum und nun wieder im Behandlungszimmer. Am liebsten würde ich einfach verduften, weil ich glaube, dass es nichts Schlimmes ist. Aber Maxi hält mich davon ab, versucht mir weiszumachen, dass ich dem blonden Sanitäter gefallen habe. Ganz ehrlich, ein bisschen hatte ich das Gefühl ja auch. Aber ich will es mir lieber gar nicht vorstellen, damit ich nicht enttäuscht würde, wenn sich herausstellte, dass es reines Wunschdenken ist. Seit

Jahren verschließe ich mich auf diese Art. Ich weiß, dass es dumm ist, dass ich mich damit vielleicht um einige Schmetterlinge im Bauch gebracht habe. Doch ich habe solche Angst vor Abweisung, davor, dass einer sagen könnte: *Sorry, ich find dich wirklich nett, aber du bist mir einfach zu dick*. Am besten noch mit dem Zusatz, dass ich das nicht persönlich nehmen solle. Selbst, wenn dann vielleicht wirklich etwas entstehen sollte – ich kann mich unmöglich von jemandem berühren lassen. Die Scham wäre zu groß.

Endlich, die Tür geht auf, die junge Ärztin kommt zurück. Halb sitzend, halb liegend befinde ich mich mit hochgezogener Hose auf der Behandlungsliege. Frau Doktor schaut auf die Röntgenaufnahmen, die bereits an der Wand hängen. Maxi und ich konnten darauf nichts erkennen, also ist wohl auch nichts gebrochen. Hoffe ich.

„So, Frau Müller, wir wissen jetzt auch, was Sie so quält. Ihre Kniescheibe ist kurzzeitig rausgesprungen, aber keine Sorge – sie ist schon wieder drin. Das ist meist sehr schmerzhaft, aber so gesehen vorerst ohne weitere Konsequenzen für Sie."

„Vorerst?", frage ich.

Igitt, allein bei der Vorstellung, dass meine Kniescheibe sich verabschiedet hat, wird mir schon wieder schlecht.

„Ja. Bei den meisten Leuten kommt das im Laufe der Jahre häufiger vor, da gibt es allerdings keine Prognose. Wenn man das öfter hat, sollte man operieren. Jetzt machen wir aber erstmal eine Kernspintomographie, damit wir sichergehen können, dass die Kniescheibe wieder an Ort und Stelle sitzt."

„Okay. Gut, heißt das, Kernspin wird noch heute gemacht?"

„Nein, leider nicht. Ich habe eben mit der Station gesprochen, Sie bleiben einfach die Nacht über hier und kommen dann morgen früh dran. Ist das in Ordnung für Sie? Es ist ja auch schon sehr spät, da brauchen Sie jetzt nicht nach Hause zu humpeln."
Auch das noch, aber das Argument leuchtet mir ein. Maxi muss sich mal wieder wichtigmachen und erkundigt sich nach dem lateinischen Fachbegriff für mein Leiden.
„Patellaluxation", sagt die Ärztin.
Werde ich nachher gleich auf dem Smartphone ergoogeln. Eigentlich soll man das ja nicht machen, man landet angeblich bei jeder Beschwerde irgendwann bei Krebs. Aber bei einer Patellaluxation bestimmt nicht, höchstens bei einer Amputation vom Oberschenkel abwärts.
„Ja, klar, ich bleibe hier, geht dann eben nicht anders. Meine Wohnung ist im vierten Stock, einen Fahrstuhl gibt es nicht. Ich habe keine Ahnung, wie ich da hoch kommen soll", sage ich.
„Mmh", sagt die Ärztin und nickt, „wenn Ihr Knie nur geschwollen und gereizt ist nach dem schmerzhaften Sprung der Kniescheibe aus ihrer Führung, dann werden Sie in einigen Tagen deutlich weniger Schmerzen haben. Sie bekommen Unterarmgehstützen und eine feste Bandage. Schmerzmittel natürlich auch."
„Und was meinen Sie? Kann ich morgen wieder nach Hause?"
„Davon gehe ich erst einmal aus. Wir müssen aber morgen das Ergebnis abwarten. Ich mach dann alles fertig für die Station, eine Schwester bringt Sie gleich hoch."
Tja, dumm gelaufen. So ein Mist. Ich schicke Maxi nach Hause, als ein Pfleger mich mit einem Rollstuhl abholt.

„Geh schlafen, Maxi. Ich melde mich morgen bei dir!"
Besorgt schaut sie mich an. Wir bekommen beide Magengrummeln, wenn wir mit fremden Leuten in einem Zimmer schlafen müssen, haben früher so manche Klassenfahrt geschwänzt, indem wir Krankheiten vorgetäuscht haben.
„Ich kann mir frei nehmen, dann bin ich in ein paar Stunden wieder hier!", sagt sie.
„Quatsch! Hau ab jetzt! Los!"
Der Pfleger lacht und dreht mich mit meinem Rollstuhl in die entgegengesetzte Richtung. Am liebsten würde ich schon wieder heulen, aber ich konzentriere mich auf die korrekte Haltung meines Beins, damit es nicht so zwiebelt. Maxi legt mir meine Tasche auf den Schoss und ich werde weggeschoben.

6

**Liebe Freunde des Zimmerservices,*
heute habe ich Frühstück ans Bett gekommen. Und zwar so richtig auf einem Tablett, mit Brötchen, Kaffee, Butter, Marmelade, Honig, Wurst und Käse, sogar einem Joghurt und zwei Kiwi-Scheiben. Ich schaute nach draußen, beobachtete Vögel auf ihrer Suche nach Nahrung und lauschte dem geschäftigen Treiben auf dem Flur. Dann ging die Tür auf. Es wurde Zeit für
…
Na, für was wohl?
*Viele Grüße, Jazz.**

Ich hasse es, auf dem Smartphone zu schreiben, aber die Idee mit dem Blogbeitrag ist mir mitten in der Nacht gekommen, während meine Zimmergenossin vor sich hin schnarchte. Irgendwie ist es mir ein Bedürfnis Ben durch die Blume mitzuteilen, dass ich im Krankenhaus liege. Ein bisschen Drama hat noch nie geschadet. Ihm jetzt aber eine Mail zu schicken, nachdem er mir auf meine letzte noch gar nicht geantwortet hat, wäre übertrieben. Also ist mein Blogpost genau passend.
Ein erster Kommentar von einer treuen Leserin geht ein.
Für das Reinigungspersonal? Bist du in einem teuren Hotel? Ich glaub, ich bin jetzt neidisch!
Bevor ich ihr antworten kann, stört schon wieder jemand und kommt nach einem kurzen Klopfen zur Tür herein. Hoffentlich klappt das bald mal mit

meinem Besuch in der Röhre; ich will endlich wissen, ob ich heute wieder nach Hause darf. Häuslich niedergelassen habe ich mich vorsichtshalber nicht. Alles ist darauf ausgelegt, dass ich nur ein paar Stunden hier bin. Ganz anders als meine Bettnachbarin, die ihren Plunder im gesamten Zimmer ausgebreitet hat. Ich kann noch nicht mal meine Tasche in den Schrank stellen, weil sie alles belegt hat. Die Frau, deren Namen ich mir nicht merken kann, plappert wie ein Wasserfall, erzählt von ihren Enkelkindern, ihrer geschiedenen Tochter und vor allem ihren diversen Krankheiten.
„Frau Müller? Ich soll Sie zur Kernspintomographie abholen“, rettet mich eine Krankenschwester.
Endlich!
„Ja, das bin ich. Einen Moment, bitte.“
Inzwischen bin ich ganz gut im Rumhumpeln, allerdings sind die Schmerzen auch deutlich zurückgegangen. Ich setze mich in den Rollstuhl und lasse mich kutschieren. Einige Sekunden lang fühle ich mich dabei wie eine Schwangere in amerikanischen Filmen, aber nicht, weil ich ein Baby erwarte, sondern weil ich so dick bin. Stumm beiße ich die Zähne zusammen. Keiner soll merken, wie sehr ich mich geniere. Vor der Umkleide für die Aufnahmen dann die totale Ernüchterung. Eine Krankenschwester fragt mich nach meinem Gewicht. Es müsste in der Akte stehen, denn ich habe diese Frage bereits zweimal beantwortet. Aber vielleicht ist sie zu faul zum Lesen.
Abschätzig guckt die blöde Kuh mich an, von oben bis unten. Ich schätze sie auf Mitte 50, sehr gepflegt, sehr schlank, sehr unfreundlich. Lächeln kann sie offenbar nicht. Wo ist mein Selbstbewusstsein? Es ist weg. Ich fühle mich schutzlos, hässlich, schwach, stehe ohne Hose in Socken vor den technischen Geräten.

„Über hundert Kilo bei der Größe? Na ja, wenn Sie mich fragen, ist es kein Wunder, wenn dann die Knie nicht mitspielen."

Ich frage Sie aber nicht.

Sie haben kein Recht, so mit mir zu sprechen.

Ihre Aufgabe ist es, ein Bild von meinem Bein zu machen, Sie verkrampfte Zimtzicke.

Ich werde mich über Sie beschweren, das ist diskriminierend.

All das sage ich nicht. Stattdessen überspiele ich meine Unsicherheit mit einem schiefen Lächeln. Ich hasse mich dafür. Ich hasse diese Frau.

Es stellt sich heraus, dass die Ärztin von gestern recht hatte. Ich darf wieder nach Hause, bekomme Krücken in die Hand gedrückt und ein paar Aufträge genannt. Weil selbst die größte Männerbandage nicht um mein Monsterknie passt, soll ich in ein Sanitätsgeschäft gehen und mir eine Spezialanfertigung anpassen lassen. Zuerst zickte die Ärztin etwas rum, weil sie mir keine Verordnung aufschreiben wollte, aber ich setze mich durch.

In meinem Stationszimmer verabschiede ich mich von der plappernden, namenlosen Bettnachbarin, die mir noch ein paar gute Wünsche mit auf den Weg gibt.

„Ich bin ja davon überzeugt, dass Handystrahlen krank machen. So oft, wie Sie an Ihrem Handy rumgespielt haben, wundert es mich nicht, dass das Knie instabil ist. Meine Enkel haben beide nur ein Notfallhandy, für den Fall der Fälle. Denken Sie ruhig einmal drüber nach!"

„Ja, mach ich, wenn ich Zeit hab. Ich muss aber erst mal ein paar SMS schreiben. Tschüss dann und alles Gute für Sie und Ihre Krampfadern!"

„Wieso Krampfadern? Haben Sie mir nicht zugehört? Ich habe eine bakterielle Infektion durch

Krankenhauskeime. Dass Sie das nicht mitbekommen haben, ist wirklich …"
„Ich muss jetzt leider los. Tschüss!"
Und weg. Wenn ich mir vorstelle, dass ich diese Person länger hätte ertragen müssen, wäre ich vermutlich netter zu ihr gewesen, aber so ist es eindeutig besser. Im breiten Flur vor meiner Station warte ich samt Gepäck und grauer Krücken auf meine Mutter, die mich abholen wird. Das kann dauern. Meine Mutter wird sicherlich mindestens drei Leute im Krankenhaus treffen, die sie ewig nicht gesehen hat und mit denen sie sich ganz kurz unterhalten muss. Das ist immer so bei ihr. Mit ihr einkaufen zu gehen, ist geradezu selbstmörderisch. Sie quatscht zuerst am Brötchenstand mit der Verkäuferin, die eine Tochter in meinem Alter hat und mit der sie zusammen in einer Krabbelgruppe war. Danach kreischt sie vor Begeisterung an der Käsetheke auf, weil sie Jutta vom Squash in der Schlange aufspürt. Und so geht es immer weiter. Selbst nach dem obligatorischen Kassenplausch ist es noch nicht vorbei – im Gegenteil, denn auf dem Parkplatz ist es am schlimmsten.
Auf einem breiten, braunen Kunstledersofa mache ich es mir so gut es geht gemütlich. Ich sitze ganz am Ende des Ganges, schaue den Flur hinunter, links und rechts gehen die breiten Stationstüren ab. Von hier aus kann man wunderbar Leute beobachten, eine meiner Leidenschaften, die in letzter Zeit etwas zu kurz kommt. Ich sitze eigentlich auch gerne in Cafés oder Eisdielen, aber häufig sind die Stühle eng und unbequem. Mich so hinzufläzen wie hier auf der Couch, würde ich normalerweise nur machen, wenn ich alleine bin. Hier ist das etwas weniger schlimm. Vielleicht sollte

ich später auch mal aus reiner Langeweile herkommen zum Leute-Gucken, wenn ich gesund und munter bin. Warten, warten, warten. Ich könnte meine Mails checken. Auf den Blog schaue ich erst zu Hause wieder, denn ich kann mir ohnehin nicht verkneifen, dann gleich zu antworten. Genau das mache ich aber lieber am Computer. Vielleicht hat Ben mir geantwortet …

**Huhu Jussy!*
Ich habe gerade in deinem Blog gelesen, dass du im Krankenhaus bist. Oder? Ich hoffe, dass ich es falsch interpretiere und du stattdessen im Urlaub bist. Mit Frühstück im Zimmer? Wie dekadent, aber geil! Krankenhaus wäre allerdings nicht geil. Also, falls du nicht gesund bist, werde es bitte bald wieder.
Klingt vielleicht blöd, aber ich vermisse dich, obwohl ich dich gar nicht kenne. Oh Gott, Schande über mein Haupt, ich schicke schnell ab und ärgere mich dann hinterher.
*Ben**

Ben. Oh, Ben. Ich habe keine Ahnung, was mit mir passiert, aber ich habe mich übers Internet verliebt. Das ist völlig bescheuert. Verliebt ist ganz bestimmt das falsche Wort, aber ich fühle ein Kribbeln in der Magengegend. Hunger habe ich definitiv nicht, denn beim Frühstück habe ich die Diät vergessen. Hoffentlich habe ich meine 102,3 Kilo gehalten.

***

„Streck deinen Hintern nicht so raus, Justine“, schimpft meine Mutter.
„Bist du schon mal mit Krücken gelaufen? Wie soll ich denn wohl kerzengerade gehen, wenn ich das rechte Bein nicht belasten darf?“

„Nein, das weißt du doch. Ich habe mir noch nie etwas gebrochen, weil ich auf meine Fitness achte."
Die und fit. Ihre hohe Meinung von sich selbst ist geradezu beneidenswert.
Ich bin schweißgebadet. Gleich sind wir beim Auto meiner Mutter angekommen. Ich habe das Gefühl, mindestens fünf Kilometer zurückgelegt zu haben. Alles an mir rutscht hin und her. Der BH, der Schal, eine Socke. Ich werde gleich wahnsinnig. Wieso hat mir eigentlich niemand beigebracht, wie man Unterarmgehstützen richtig anwendet?
„Wo parkst du denn, verdammt noch mal? Du hättest doch nach vorne durchfahren können, da ist alles frei."
„Entschuldige, dass ich nie etwas richtig mache."
„Ach, Mama, ich mein es doch nicht so. Ich kann einfach nicht mehr!"
„Justine, das liegt an deinem Übergewicht. In deinem Alter solltest du nicht so kaputt sein von den paar Schritten. Mit deinem Knie ist ja gar nichts, also kann es nicht so schlimm sein."
„Natürlich ist was damit. Meinst du, die haben mir diese Dinger nur zum Spaß gegeben? Und danke, ich weiß selbst, dass ich zu dick bin."
Ich werde ihr nicht sagen, dass ich diäte. Diesen Fehler begehe ich nicht.
„Und warum tust du nichts dagegen?", fragt sie bissig.
Inzwischen sind wir endlich beim Auto angekommen. Erleichtert setze ich mich wie eine alte Oma auf den Beifahrersitz, erst das eine Bein, dann vorsichtig das kaputte. Die Krücken ziehe ich mit zu mir, obwohl meine Mutter findet, ich solle sie nach hinten legen. Irgendwie habe ich mich aber schon an die Dinger gewöhnt.

Im typischen Ruckel-Style fährt meine Mutter mich nach Hause. Sie bremst immer erst kurz vor einer Ampel. Nie käme sie auf die Idee, den Wagen langsamer werden zu lassen, das Gas rauszunehmen. Erleichtert lausche ich ihrem Bericht, wen sie alles im Krankenhaus getroffen hat. Mein Gewicht hat sie vergessen.

„Wusstest du, dass der Sohn von Klenckes in der Anmeldung sitzt? Na, das Gesicht ist eher abschreckend, man kriegt ja fast einen Schock bei den ganzen Pickeln. Dass sie den ausgerechnet vorne hinsetzen; das ist doch kein schönes Aushängeschild für die Klinik."

„Hab ich gar nicht gesehen."

„Wen, den Jungen oder die Pickel?"

„Der ist doch kein Junge mehr. Der ist bestimmt schon 22."

„Ist ja auch egal. Du, Justine, stell dir mal vor, ich habe Irmtraud Löffler getroffen! Am Fahrstuhl. Ich denk noch so, hoffentlich triffst du jetzt niemanden, du willst jetzt schnell zu Justine, und da steht sie neben mir. Ist alt geworden, sie sieht nicht gut aus. Man muss schon auf sich achten, wenn man älter wird. Irmtraud hat früher immer stundenlang auf Mallorca am Strand gebrutzelt, nun rächt sich das. Ihre Haut ist richtig runzelig, du müsstest das sehen, Justine!"

Es ist besser, wenn ich jetzt auf Durchzug stelle. Während meine Mutter weiterplappert, denke ich an Ben. Wie er wohl aussieht? Ich stelle mir vor, wie er meine Mails liest, dabei vielleicht auch lächelt. Oder meinen Blog. Vielleicht versucht er, meine Identität herauszubekommen, durch Links oder Leseempfehlungen. Ich an seiner Stelle würde es jedenfalls machen. Aber er wird erfolglos sein, denn ich

habe meinen Blog extra so angelegt, dass niemand auf meine wahre Identität stoßen kann. Immerhin habe ich einen Ruf als ernstzunehmende Journalistin zu wahren. Zumindest in der Zukunft. Man wird ja mal träumen dürfen.
Wir kommen zu Hause an, durch ein offenes Fenster höre ich Jeffreys Stimme. Er muss gerade vom Kindergarten zu Hause sein; ich würde ihn jetzt gerne auf dem Schoß haben, ein bisschen Wärme spüren. Ich bin müde, total k.o., muss mich aber die Treppenstufen hochquälen. Die Ärztin hatte recht – die Kombination aus Schonung, Schmerzmitteln und Zeit lässt den Schmerz wesentlich erträglicher werden. Meine Mutter lässt sich nicht davon abhalten, meine Tasche hinter mir herzuschleppen. In meiner Wohnung, die sicher und vertraut ihre unsichtbaren Arme um mich legt, bitte ich mit meinem letzten Rest an Freundlichkeit darum, jetzt allein sein zu dürfen. Ich will auf mein Klo, in mein Bett, möchte an mein Laptop. Ich will endlich wieder meine Ruhe haben.

7

100,9. Vier Kilo in knapp zwei Wochen abgenommen – das ist großartig! Mal wieder nackig steige ich von der Waage, warte aufs Reset, gehe wieder rauf und wiege sogar nur noch 100,7. Vielleicht müsste ich das einmal einen ganzen Tag lang machen, das wäre auch eine Maßnahme. In einigen Tagen bin ich ein Uhu. Glücklich springe ich unter die Dusche und habe immer nur diese Zahl im Kopf: 99, bald sind es *nur* noch 99 Kilo. Wenn ich erst einmal 95 wiege, dann ist es nicht mehr so weit bis zur 90. Und dann ist es nur ein Katzensprung bis zur 89. Mit 89 Kilo kann ich wieder Rock, blickdichte Strumpfhose und Stiefel tragen! Sogar an engere Oberteile trau ich mich dann ran. Ich werde es schaffen, ich muss es schaffen! Außerdem will ich mir zumindest vorstellen können, eines Tages Ben zu treffen.
Wir schreiben uns inzwischen täglich; er immer abends, ich vormittags. Anfangs haben wir nur rumgewitzelt, uns mit lustigen und möglichst intelligenten Formulierungen zu übertreffen versucht. Inzwischen verändern sich die Mails, wir reden normaler, denken nicht über jedes Wort nach. Ich spüre, wie es bald nicht mehr zu vermeiden ist, dass er mich nach einem Foto fragt, nach meiner Adresse, dem Nachnamen. Was soll ich bloß tun?
Ich dusche so lange, bis ich mein rechtes Knie spüre. Schlimm ist es nicht mehr, seitdem ich tagsüber eine hässliche, fleischfarbene Stretch-Bandage trage. 170

Euro musste ich als Zuzahlung leisten, weil das Teil extra für mich angefertigt wurde. Es war sehr peinlich, wie ich mitten im Sanitätshaus zwischen orthopädischen Hausschuhen und Unterwäsche für Blasenschwache herumstand und ein Mitarbeiter mir eine Bandage nach der nächsten zur Anprobe reichte. Da müsse doch eine dabei sein, fand er. Man zieht solch eine enge Bandage über den Fuß und wurschtelt sie hoch, sodass die passende Stelle überm Knie, die Ähnlichkeit mit einem überdimensionalen Hornhautpflaster aufweist, genau richtig sitzt.

Es war aber keine Passende dabei. Drei Tage später war ich stolzer Besitzer einer Maßanfertigung. Mit meiner Bandage fühle ich mich viel sicherer; die Kniescheibe bleibt, wo sie hingehört. Die Krücken habe ich in die Ecke gestellt und dem Krankenhaus nicht zurückgebracht – vielleicht kann ich sie eines Tages mal wieder gebrauchen. Das ähnelt bestimmt dem verbotenen Gefühl, wenn man einen Hotel-Bademantel zufällig in den Koffer gleiten lässt. Allerdings habe ich das noch nie gemacht, weil mir Hotel-Bademäntel zu klein sind und Busen sowie Bauch freilegen.

Nach meinem obligatorischen Müsli-Frühstück, setze ich mich an den Rechner und will Bens gestrige Mail beantworten. Doch er ist mir bereits zuvorgekommen – mitten in der Nacht hat er eine zweite E-Mail geschrieben.

**Liebe Jussy,*

obwohl ich schon drei Schäfchenherden durchgezählt habe, kann ich nicht schlafen. Einen Facebook-Account habe ich mir trotzdem nicht angelegt. Ich will keine Likes zählen. Ich möchte dich kennenlernen. Du gehst mir nicht mehr aus dem Kopf und ich fände es sehr schön, das Gesicht zu den Worten zu sehen.

Was du gestern geschrieben hast, war total süß (die Sache mit deinem kleinen Kumpel Jeffrey). Ich kann gut verstehen, dass du dich über das selbstgemalte Bild so gefreut hast. Du schreibst einfach warmherzig und ich freu mich nach jedem beschissenen Arbeitstag auf deine Nachricht.
Schenkste mir ein Foto? Biiiittee! Oder deine Telefonnummer? Oder beides? Ich verspreche dir, dass ich sowieso vor lauter Aufregung kein Wort rausbekommen würde.
Was macht das schrottige Knie eigentlich?

Mein Herz rast. Ich lese die Mail immer wieder, beiße meine Unterlippe vor Aufregung blutig. Er mag mich, das ist eindeutig. Er mag mich genauso, wie ich ihn mag. Vielleicht ist er viel hässlicher als ich; dünner zwar, aber ein Gesicht mit Hakennase und Segelohren. Haarausfall, schiefe Zähne, vielleicht ist er gar nicht 33, sondern 44. Meine Güte, ich weiß überhaupt nicht, was ich denken soll. Ich könnte ihm ein älteres Foto von mir schicken; das vom Straßenfest vor drei Jahren. Da sah ich gut aus, aber immer noch wie ich.
Ich öffne meine Foto-Dokumente und klicke mich durch Aufnahmen von mir. Das Straßenfest-Bild ist tatsächlich das Einzige, auf dem ich brauchbar aussehe und das nicht älter als fünf Jahre ist. Ich kann Ben schlecht ein Foto von mir als 20jährige schicken. Leider.
Puh, das ist fürchterlich. Das aktuelle Journalisten-Foto ist nicht schlecht; ich benutze es immer für redaktionelle Beiträge. Der Vorteil ist, dass man darauf nur Gesicht und Haare sieht, was eindeutig der beste Teil an meinem Gesamtbild ist. Die Hände vielleicht noch, aber die scheiden als Foto leider aus. Wenn ich ihm das Redaktionsfoto schicke, sieht es aus wie eine Bewerbung. Und ich sehe schlanker darauf aus, als ich

bin. Trotzdem bin das eindeutig ich; es ist nicht mit Photoshop bearbeitet. Ich werde vorsichtshalber erwähnen, dass ich nicht schlank bin, denn selbst, wenn er mich erst in einem halben Jahr sehen sollte, werde ich dann immer noch nicht annähernd dem gängigen Schönheitsideal entsprechen
Und dann werfe ich alle Ängste über Bord. Ich habe auch ein Recht auf Zuneigung, ich bin lediglich zu dick. Ihn haben meine Worte berührt, sagt er. Berührt ihn auch mein Foto oder will er eine Frau mit Modelmaßen haben? Die bin ich sowieso nicht. Mit zitternden Fingen schreibe ich im Rekordtempo meine Antwort.

*Hallo Ben,
ehrlich gesagt, bin ich gerade sehr aufgeregt. Ich habe das noch nie gemacht. Also, doch, das ist gelogen, ich habe es schon einmal gemacht. Vor vielen Jahren habe ich mich bei so einem Dating-Portal angemeldet und dort ein paar Typen kennengelernt. Mit einem davon schrieb ich mir ein paar Mal, er war mir sympathisch. Nicht so wie du, so tief ging es nach der kurzen Zeit längst nicht. Trotzdem schickte ich ihm schon nach drei E-Mails ein Bild von mir. Als Antwort kam: Tut mir leid, ich hatte mich dir ganz anders vorgestellt, das passt irgendwie nicht.

Na ja, bevor ich es mir jetzt also anders überlege, sende ich dir ein Foto von mir, etwa sechs Monate alt. Das bin ich auf einem offiziellen Autoren-Foto.
So sieht's aus, tut mir leid. Ich bin zwar groß mit Worten, aber in Selbstbewusstsein eine Null. Und eine Modelfigur habe ich leider auch nicht – eher das Gegenteil davon.
Meinem Knie geht's viel besser.
LG von Jussy*

Senden.

Was habe ich getan? Er kann mich nun per Google Bildersuche finden. Er weiß meinen Vornamen, kennt mein Gesicht und den Blog. Ich würde es finden, das ist nicht so schwer herauszubekommen. So wie ich Ben einschätze, wird er, sobald er die Mail liest, recherchieren, bis er zu einem Ergebnis gelangt. Dann wird er auch das Gruppenfoto von der vorletzten Buchmesse finden, auf dem ich umrahmt bin von drei mega-schlanken Kolleginnen. Wäre ich bloß nicht zu dieser verdammten Buchmesse gefahren! Ich weiß gar nicht, welcher Teufel mich seinerzeit geritten hat, denn Lust darauf hatte ich nicht eine Sekunde verspürt. Die anderen freuten sich im Vorfeld wie verrückt, planten Abende mit Prosecco – welch Klischee – und Flirts am Bestsellerautorenstand. Nee, selbst, wenn ich schlank gewesen wäre, hätte es mir nicht gefallen. Schon immer war ich lieber für mich, habe Dinge von außen betrachtet. Auf Klassenfahrten fühlte ich mich stets nicht dazugehörig, auch wenn es gar nicht so war. Immer ist da dieses Gefühl, dass ich anders als die anderen bin.
Den ganzen Tag kann ich mich auf nichts konzentrieren, bekomme noch nicht einmal einen Blog-Beitrag fertig, geschweige denn einen Artikel über den Murmeltiertag in den USA.
„Auf den Weltfrieden“, spreche ich mit mir selbst, während ich meine zweite Flasche Wellness-Wasser des Tages zum Mund führe. „Jussy, du wirst nie wieder von Ben hören, der vermutlich aussieht wie Brad Pitts jüngerer Bruder.“
Um mich abzulenken, studiere ich kalorienarme Pfannengerichte, bestelle mir drei Kleider zur Auswahl für Irinas Hochzeit und backe zum ersten Mal im Leben ein Brot. Um 19 Uhr macht es endlich *Pling*. Die

Antwort von Ben. Wie ein hypnotisiertes Kaninchen starre ich auf den Bildschirm. In der Betreff-Zeile sehe ich den Anfang seines Briefs.
Gott, ist das aufregend, ich weiß gar nicht …
Bevor ich weiterlese, male ich mir die schlimmsten Sätze aus … Wie ich dir sagen soll, dass ich mir dich ganz anders vorgestellt habe? Was ich sagen soll, denn du bist viel dicker als ich dachte oder ist das nur der Kamera-Winkel?
Ich trau mich nicht, die Mail zu öffnen. Zuerst werde ich auf die Büroklammer klicken, die anzeigt, dass Ben eine Datei mitgeschickt hat. Das wird ein Foto von ihm sein. So aufgeregt war ich das letzte Mal, als ich mir zu Weihnachten ein Barbie-Traumhaus gewünscht habe.
Datei öffnen.
Ben lächelt mich an. Gebannt studiere ich jeden Winkel seines Gesichts. Er sieht gut aus, viel zu gut. Es ist ein Schnappschuss, man sieht ihn bis zur Mitte des Oberkörpers, wie er sich zur Kamera dreht und ein Glas in der Hand hält. Seine Haare sind kurz, mittelblond und glatt. Die Augenfarbe kann ich nicht erkennen, aber ich tippe auf blau. Seine Gesichtszüge sind sehr markant, aber doch wirkt er weich und freundlich, fast zurückhaltend. Ich weiß nicht, wie ich ihn mir vorgestellt hatte, aber er sieht anders aus, als ich dachte – und doch ist er mir sofort vertraut, sympathisch. Ich vergrößere das Bild, bis ich nur noch verschwommene Pixel sehen kann, verkleinere es wieder. Ben. Er hat nicht ein Gramm Übergewicht, er ist geradezu perfekt. Nie wird er eine Frau wie mich lieben. Aber ich ihn. Verdammt. Mir laufen die Tränen über die Wangen, denn er gefällt mir so gut. Ja, er ist ein Traummann. Mein Traummann.
Noch völlig verstört, öffne ich nun auch seine Mail.

**Jussy!*
Puh, ich komme mir wirklich vor wie ein verknallter Teenager. Bitte sag mir, wenn ich mich albern verhalte, ja? Also, was ich sagen will, ist folgendes: Du gefällst mir sehr gut. Ich mag deine braunen Augen, die warm und klug sind. Die Haare sind sowieso der Hammer, das sagt dir bestimmt jeder, oder?
Hoffentlich fällst du nicht vom Stuhl vor Schreck bei meinem Foto. Ich hasse es, mich fotografieren zu lassen, aber so sehe ich nun mal aus. Vielleicht kannst du damit ja leben, wenn nicht, verstehe ich es auch.
Frauen, an denen ich mich stoße, weil sie solche Klappergestelle sind, sind nicht mein Typ. Ich finde es schön, wenn man Essen genießen kann, ohne ständig Kalorien zu zählen. Einmal hatte ich so eine Freundin. Hat mich total genervt. Außerdem siehst du überhaupt nicht dick aus! Der Typ vom Dating-Portal, der dich abserviert hat, ist ein Vollidiot, aber ich bedanke mich trotzdem unbekannterweise bei ihm. Sonst würden wir uns jetzt nicht schreiben, oder?
So, das hätten wir geschafft. Wenn du meinen Anblick ertragen kannst, darfst du mir in der nächsten Mail deine Telefonnummer geben …
*Dein Ben.**

Dein Ben! Das hat er noch nie geschrieben. Ojemine, ich weiß überhaupt nicht mehr, was ich denken soll. Ben kann doch ganz andere als mich haben. Okay, mein Foto ist nicht schlecht und ich finde mich ja auch kinnaufwärts soweit in Ordnung. Mein Gesicht gefällt mir, meine Haare auch. Aber ansonsten? Der kriegt doch einen Schock, wenn er mir jemals gegenübertreten sollte. Oder? Bilde ich mir das alles nur ein, habe ich mich so daran gewöhnt, mich selbst schlechtzumachen? Wenn gar nichts mehr geht, rufe ich mir prominente Dicke ins Gedächtnis. Die Frau von Pierce Brosnan ist mein Lieblingsbeispiel. Ihre Figur kommt meiner ziemlich nah, allerdings war ich früher nie ein Model wie sie. Der schöne Mr. Brosnan hat sich in seine Keely verliebt, als sie noch schlank war. Trotzdem, es ist tröstlich und Mut machend für Frauen wie mich. Außerdem ist Ben natürlich nicht so extrem attraktiv wie Pierce Brosnan. Vielleicht gibt es wirklich irgendwo auf dieser Welt auch Männer, denen das Gewicht bei Frauen egal ist. Allerdings habe ich noch nie einen kennengelernt.

In einem Anfall von Wahnsinn tippe ich meine Telefonnummer als Antwortmail. Ohne weiteren Kommentar sende ich ab.

***

Ich bin keine 16 mehr. Ich bin eine erwachsene Frau und werde nicht alle paar Sekunden checken, ob mein Telefon funktioniert. Natürlich habe ich Ben nicht die Festnetz-, sondern meine Handynummer gegeben. Aber der Akku könnte leer sein … Nein, ich verfalle nicht in kindische Hysterie, sondern gehe erst einmal in Ruhe den Müll runterbringen.

Meine Gedanken habe ich noch gar nicht zu Ende gebracht, da vibriert auch schon mein Handy. Ich lasse zweimal klingeln, bevor ich das Gespräch annehme. Die Nummer ist fremd, es ist also Ben.

„Hallo?“

„Huhu! Ja, ich bin’s, Ben. Hi!“

Ich lache kurz auf, weil ich das *Huhu* süß finde.

„Hi! Ja, also, du fängst an!“

„Ich? Okay, ich hoffe, du sprichst noch mit mir nach dem Bild?“, sagt er.

Seine Stimme ist jung, natürlich, sympathisch. Er ist mindestens so aufgeregt wie ich.
„Klar, du siehst doch gut aus. Also, wenn man das so sagen darf als Frau. Oh Gott, ich habe keine Übung in so was, entschuldige. Du musst noch mehr erzählen, damit ich erstmal zur Ruhe komme."
„Bist du aufgeregt?"
„Und wie!", gebe ich zu.
„Weißt du, was ich am liebsten zuerst wissen würde? Ich hoffe, du erschlägst mich nicht durchs Telefon für diese Frage", sagt Ben.
„Was denn?"
„Wo du wohnst. Du musst es mir nicht sagen, natürlich nicht. Mich findest du jedenfalls in Bremen."
Oh. Das ist nicht weit weg. Mir fällt einerseits ein Stein vom Herzen, andererseits wird ein mögliches Treffen immer wahrscheinlicher. Wenn ich jetzt lüge, kann sich das später als Killer entpuppen. Wenn ich es nicht sage, hält er mich für blöde. Ich sage es ihm.
„Das ist eigentlich … ziemlich gut", sage ich mit einem Lächeln in der Stimme.
„Ja?"
„Hm. Ich wohne in Verden."
„Nee, ne? Das ist ja großartig! Was bin ich für ein Glückspilz! Hey, super, oder? Mensch, Jussy, ich bin grad richtig aufgeregt. Verden ist ja nur einen Katzensprung entfernt!"
Mir wird so heiß, dass ich aufstehe, um das Fenster zu öffnen. Kühl strömt die frische Luft ins Wohnzimmer. Ich atme tief durch.
„Alles okay mit dir?", fragt Ben.
„Ja, alles bestens. Du, Ben, ich bin sonst echt etwas sprachbegabter, aber mir fehlen wirklich ausnahmsweise die Worte. Das ist alles so unwirklich.

Ich mein, du findest zufällig auf meinen Blog, schreibst mir und jetzt … also, das ist schon fast klischeehaft."
„Aber ein schönes Klischee."
Er ist süß. Flirtet mit mir. Wo ist bloß der Haken an der Sache? Ach ja, ich bin der Haken.
„Soll ich dir noch etwas erzählen, damit du dich entspannen kannst? Ich könnte dir eine neue Story von meinem bescheuerten Kollegen erzählen, der mit mir im Büro sitzt und deosüchtig ist."
„Oh ja! Ich habe neulich so gelacht, als du von seiner Aktion mit dem Deospray vorm Chef geschrieben hast!"
Wir telefonieren über eine Stunde lang. Nur selten entstehen kurze Pausen. Ben ist so einfühlsam, dass es mich fast umhaut. Galant umschifft er jede peinliche Schweigeminute, macht ein paar lockere Sprüche und bekommt mich so immer wieder aus der Reserve. Trotzdem macht er nicht den Eindruck, als sei er ein Weiberheld und habe Routine darin.
Immer wieder schaue ich auf sein Foto, stelle mir vor, dass genau dieser Traumtyp vor mir stünde. Würde er mich dann auch noch so toll finden? Er scheint völlig hin und weg von mir zu sein, lacht, wenn ich einen Witz mache, hört aufmerksam zu. Ich glaube zu träumen, so schön ist das alles.
„War schön, deine Stimme zu hören, Jussy. Schlaf gut!"
„Du auch. Gute Nacht!"
Aufgewühlt tigere ich durch die Wohnung, komme nicht zur Ruhe. Wir haben uns am Telefon unsere Nachnamen gesagt und die Adressen ausgetauscht. Theoretisch könnte Ben in fünfzig Minuten vor meiner Haustür stehen – aber ich glaube, so distanzlos ist er nicht. Ich habe bereits während des Telefonats nach ihm gegoogelt. Viel zu finden war dort nicht, zumindest

scheint er unter seinem Namen Ben von Holthausen nicht bei Facebook angemeldet zu sein. Ich habe ihn gefragt, ob er adelig ist wegen des *von*, aber er lachte nur. Einige Einträge finde ich, aber es sind nur uralte Tabellenergebnisse eines Badminton-Vereins. Das war's auch schon auf seiner Seite.

Über mich wird Ben mehr finden, denn das Internet ist voller Artikel von Justine Müller. Ich bin jetzt gläsern, er kann mich durchleuchten. Er wird das unvorteilhafte Foto von mir auf der Buchmesse finden, es erschrocken größer zoomen und hoffen, dass er sich verguckt hat. Dann wird er sich gewaltig über sich selbst ärgern, ein paar Tage benötigen, um sich zu sammeln und die dicke Jussy aus Verden für immer vergessen.

Damit ich nicht komplett durchdrehe, greife ich mir in der Küche Lappen, Scheuermilch und Putzeimer, räume den Kühlschrank leer und schrubbe jeden Winkel aus. Danach bin ich immer noch nicht zufrieden, poliere den Herd, krieche halb in den Backofen, um alles sauberzubekommen und wische dann jeden einzelnen Schrank von außen ab. Fertig! Jetzt geht es mir besser, vielleicht kann ich nun ins Bett gehen und direkt einschlafen. Ich schlüpfe in meinen roten Esprit-Schlafanzug, greife ein letztes Mal an diesem Tag zum Laptop und fange an zu strahlen. Ben hat mir noch einen Gute-Nacht-Gruß geschickt.

Huhu, ich kann nicht schlafen, darum zähle ich heute Herzen. Ein Herzchen für Jussy, zwei Herzchen für Jussy, drei Herzchen für Jussy …

8

„Findest du es nicht ein bisschen kahl hier?“, frage ich Maxi und schaue mich erstaunt in ihrem neuen Zuhause um.

Seitdem sie zu ihrem Freund gezogen ist, erkenne ich sie manchmal kaum wieder – so sehr verbiegt sie sich für Mr. Fucker.

„Es ist anders, aber das heißt ja nicht, dass es schlecht ist. Ich fühle mich hier wohl, außerdem geht das Saubermachen viel schneller als vorher. Hier steht ja nichts rum. Was soll man mit dem ganzen Kleinkram denn anstellen? Eigentlich alles nur Staubfänger“, sagt meine Schwester.

Hm. Ich weiß nicht so recht. Ist das meine Maxi, die vorher Miniatur-Lippenstifte in einem altmodischen Setzkasten sammelte? Früher hingen an ihren Wänden Handtaschen und Hüte, ihr Badezimmer war voller Ketten und Ohrringe. Jetzt herrscht überall gähnende Leere. Aufgeräumt, stylisch. Kalt.

„Aber das bist doch nicht du, Maxi. Das ist Christians Geschmack und nicht deiner.“

„Doch, ehrlich, ich hab mich einfach verändert. Mir gefällt es. Irgendwann muss auch mal Zeit für Neues sein und die ist jetzt bei mir angebrochen. Kannst du dir nicht vorstellen, dass du irgendwann mal komplett anders eingerichtet lebst?“

Ich denke kurz nach, zögere. Vielleicht hat sie recht, aber ich mag meinen Stil nun mal.

„Nein, komplett anders nicht. Ich könnte zum Beispiel nie in so einer 50er-Jahre-Bude leben. Ich will keine Musikbox im Wohnzimmer stehen haben und auf schwarz-weißes Schachbrettmuster in der Küche hab ich auch keine Lust. Oder, noch schlimmer, Kiefernmöbel! Bah, das ginge auch nicht. Am besten noch mit so spießigen Tischdecken überall."
„Siehste, dann ist es hier ja gar nicht so schlimm", sagt Maxi zufrieden. „Hier ist es eben nur ein bisschen leerer. Soll ich uns einen Kaffee machen?"
„Ja, bitte. Ohne Milch."
„Machst du immer noch Diät?"
„Mehr denn je. Ich bin fast ein Uhu. Du, aber noch mal zu dem anderen Thema. Ist es nicht so, dass wir Frauen uns ständig dem jeweiligen Partner anpassen, während die Herren der Schöpfung einfach immer schön sie selbst bleiben können? Ich mein, guck mal – als ich mit Nils zusammen war, stand ich jahrelang fast jedes Wochenende auf dem Sportplatz rum, obwohl mich Fußball nicht die Bohne interessiert hat."
„Ich denke, du fandst es ganz gut da", hakt Maxi nach. „Mir hast du jedenfalls immer erzählt, dass die Gemeinschaft so toll war und die anderen Spielerfrauen wahnsinnig nett. Außer diese Schlampe, wie hieß die nochmal?"
„Cathérine Schlöndorfer, oh Gott, wie kannst du mich an die erinnern?"
Gemeinsam lachen wir, setzen uns in der weißen Hochglanzküche auf schwarze Barhocker, stellen unsere gläsernen Kaffeetassen auf dem ansonsten leergeräumten Tisch ab.
„Ja, ich fand es auch gut", sage ich, „das ist es ja eben! Man passt sich so sehr an, dass man sich die Scheiße schon selbst glaubt! Verstehst du, was ich meine?"

„Natürlich", seufzt Maxi. „Ich will eben nicht auf immer und ewig allein bleiben. Männer können sich nicht so anpassen wie wir, das ist eben so, Jussy. Wir finden ihre Freunde nett, kommen selbst mit den letzten Deppen klar und arrangieren uns mit der besten Freundin aus Kindertagen. Und die Männer? Lästern über unseren gesamten Freundeskreis."

„Lästert dein Fucker etwa über mich?"

„Sag nicht immer Fucker, ich kann das nicht leiden!"

„Ja, sorry, also, lästert Christian auch über mich?"

„Du bist ja nicht meine Freundin, sondern meine Schwester", weicht Maxi mir aus.

Ich wusste es. Dieser Penner! Aber ich kann ihn auch nicht leiden, er ist ein penibler Erbsenzähler und hässlich gleich noch dazu.

„Und du?", lenkt Maxi geschickt ab. Ablenken können wir beide gut, diese Fähigkeit haben wir von unserem Vater geerbt. „Mal angenommen, du hättest einen neuen Freund. Und der hätte zwei total ätzende Kumpel, die rauchen, saufen und die ganze Nacht am Computer zocken."

„Du sprichst nicht zufällig von Alex?", grinse ich.

Maxi hatte nämlich mal solch einen Typen.

„Nein, noch ätzender als Alex! Also, dein Neuer ist ein Gamer. Er ist lieb, nett, aufmerksam zu dir, aber wenn er mit seinen Freunden zusammen ist, stinkt er vor sich hin, müllt eure Wohnung voll und … und, genau, er furzt."

„Er furzt? Maxi, du übertreibst."

„Ich übertreibe nicht. Solche Männer gibt es. Meine Kollegin hat sogar solch ein Exemplar geheiratet. Er ist ein liebevoller Vater, geht seiner Arbeit als Arzt nach, alles paletti. Aber in seiner Freizeit ist er zum Abgewöhnen. Meine Kollegin sagt, dass sie das nicht

stört. Er sei halt so, es gäbe Schlimmeres und alle Männer haben irgendwo eine Macke. Aber! Und jetzt kommt's! Aber er akzeptiert nicht, dass sie ihre Schuhe außerhalb des Schuhschranks parkt. So wie sie ihre Schuhe vorne im Hausflur stehenlässt und nicht in seinen Superduperschuhschrank packt, flippt er aus."
Ich nicke. Genau das hatte ich gemeint. So sind alle Frauen. Wir lassen unseren Freiraum beschneiden von Typen, die selbst eine Meise haben. Warum tun wir das?
„Und du willst jetzt wissen, ob ich das mit mir machen lassen würde? Ernsthaft? Du kennst die Antwort!", sage ich.
„Ich will sie hören." Maxi wischt einen Krümel weg, der sich aus unerfindlichen Gründen in diese sterile Umgebung verirrt hat. „Damit ich dich eines Tages darauf festnageln kann. Denn du wirst genau in die gleiche Falle tappen, in der wir alle landen. Ausnahmslos. Ich schwöre es dir. Andernfalls bleibt man allein oder lässt sich alle drei Jahre scheiden. Wenn man es überhaupt bis zur Hochzeit schafft. Langfristige Beziehungen halten nur, weil die Frauen sich dauerhaft verbiegen."
„Du musst ganz schön gefrustet sein", sage ich.
„Nee, nur realistisch. Christian ist lieb und ehrlich. Besser er ist pingelig, als eine Drecksau. Also, wo ist das Problem?"
Ein bisschen hat sie recht, aber ein bisschen auch nicht. Wir rühren nachdenklich in unserem Kaffee, als ich mit der Neuigkeit rausplatze.
„Ich hab nächste Woche ein Date!"
Maxi fällt vor Schreck der Löffel aus der Hand.
„Was? Und das sagst du erst jetzt? Mit wem denn? Los, erzähl! Ich will alles wissen!"

Und dann berichte ich ihr von Ben. Von seinen süßen Huhu-Mails. Von den tiefsinnigen, witzigen und geistreichen Gesprächen, die wir in den letzten Wochen im Internet hatten. Von seinem Foto, dem netten Lächeln. Den drei Telefonaten, die wir bisher geführt haben. Seinen bezaubernden SMS, die er mir jetzt schon ein paar Mal geschickt hat.
Meine Schwester hört mir gebannt zu. Ihre dunklen Augen beobachten mich, wie ich strahlend erzähle und alles um mich herum vergesse. Sie streicht sich hin und wieder ihre dicken Haare hinters Ohr, grübelt über meine Situation nach. Sie weiß wie immer genau, was ich denke. Als ich fertig bin, fragt sie, ob sie sein Foto sehen darf. Ich greife nach meinem Handy und öffne die Datei. Konzentriert studiert Maxi das Bild. Ihr brauche ich nichts vorzuspielen.
„Ist er zu hübsch für mich?“, flüstere ich und spüre, wie mir Tränen in die Augen steigen.
„Quatsch“, lügt Maxi.
„Maxi!“, presse ich flehend hervor.
Meine große Schwester steht von ihrem Stuhl auf und kommt zu mir rüber. Sie nimmt mich in den Arm, drückt mich ganz fest. Ich sitze auf dem hohen Hocker, kuschle meinen Kopf an Maxis Schulter, so wie früher, wenn unsere Eltern sich stritten und ich nur Trost bei ihr fand. Hemmungslos fange ich an zu weinen, erst leise, dann immer stärker.
„Jussy, du bist doch auch hübsch! Wenn er so perfekt ist, wie du glaubst, dann sind ihm die paar Kilos scheißegal! Außerdem sieht man schon, dass du abgenommen hast, das ist mir gleich aufgefallen.“
„Aber er sieht das doch nicht. Ich hab ihm nur gesagt, dass ich keine Modelfigur habe“, jammere ich in Maxis Nacken.

„Und? Es war ihm egal. Siehst du! Du schaffst das! Er hat sich in dich verliebt und nicht in irgendeine schlanke Schnepfe in Bremen. Glaub an dich, Jussy. Denk dran, worüber wir eben noch gesprochen haben. Du hast doch gesagt, dass du dich nicht verbiegen willst für einen Mann."
Schniefend löse ich mich aus Maxis Umarmung, wische meine Tränen weg.
„Nun sag ehrlich, Maxi, bitte. Was mache ich denn jetzt?", frage ich und grinse gequält.
Das ist alles einfach zu doof.
„Die wirklich wichtige Frage ist doch: Was ziehst du an?"
„Ja. Und wie mache ich meine Haare, wie schminke ich mich, wo bekomme ich einen Zerrspiegel her, den immer jemand vor mir herträgt? Scheiße! Ich hab total Schiss, dass er einen Riesenschreck bekommt!"
„Mann, soooo dick bist du nun auch nicht. Du siehst echt gut aus, wirklich. Irgendwie müssen wir deine Vorzüge präsentieren und die Schwachstellen kaschieren. Gut, dass Winter ist. Stell dir vor, wir hätten jetzt August!"
„Dann würde ich schon 20 Kilo weniger wiegen!"
„Mindestens", sagt Maxi und rollt mit den Augen.

***

Der Uhu empfängt mich leise und ohne Trommelwirbel. Ich habe schlecht geschlafen, mich die halbe Nacht hin- und hergedreht. Tatsächlich war in den letzten Tagen kaum an Essen zu denken, so aufgeregt bin ich. Meine Artikel warten auf ihre Fertigstellung, sogar eine eigentlich schöne Reportage über das Leben auf einem Hausboot im Freihafen

Hamburg schiebe ich vor mir her. Wenn ich nicht bald anfange, bin ich den Auftrag los. Seitdem Ben und ich uns verabredet haben, tobt in mir eine Unruhe, die mich schier verrückt macht. Am Samstagabend um 18.30 Uhr treffen wir uns in einer kleinen Kneipe bei mir in Verden. Ich kann zu Fuß dorthin gehen, die Altstadt ist einen Katzensprung von meiner Wohnung entfernt. Nur noch einen Tag.
99,1. Ich bin ein Uhu. In einer Mischung aus Fassungslosigkeit, Glück und Erleichterung starre ich auf die Waage. Ich habe es geschafft, die erste, schlimme Hürde ist bewältigt. Schon morgen kann eine 98 dort stehen, also werde ich heute etwas tun, für das ich öffentlich gesteinigt werden würde: Ich esse so gut wie gar nichts. Man darf das auf gar keinen Fall laut sagen. Sofort kommen die Klugscheißer an und überhäufen einen mit ihren Weisheiten. Sie können sich nicht vorstellen, was einmal geschehen ist, als ich auf meinem Blog etwas zu einem bestimmten Fastenthema fragte.

Liebe Freunde des guten Essens,
vor lauter Gegoogel werde ich noch verrückt, darum frage ich euch; vielleicht sind hier ja ein paar Experten zum Thema „Intermittierendes Fasten“ unterwegs. Eben lief im Fernsehen eine Talkshow, in der ein etwas unsympathischer Österreicher von einer Wahnsinns-Diät berichtete. Er sagte, dass er mit seiner Methode ganz einfach schlank geworden sei, genau wie viele seiner Fans auch. Rein zufällig hatte er natürlich gerade ein Buch darüber geschrieben.
Funktionieren tut das Ganze so: Einen Tag wird gegessen, den nächsten nicht. Also gar nichts, nada, niente. Auf Wikipedia habe ich nun herausgefunden, dass diese Methode schon lange an Tieren ausprobiert wird. Ratten werden bei dieser

Ernährungsform gesund und leben länger. Ich will auch forever young sein! Was meint ihr? Ist das Quatsch oder funktioniert es? Nimmt man dabei ab?
*Hungrige Grüße, Jazz**

Das war ein Fehler. Innerhalb weniger Stunden entbrannte eine hitzige Diskussion über den Unsinn von Diäten. Wie die Leute zu Höchstformen auflaufen, wenn man eine einfache Frage zu diesem Thema stellt, erstaunt mich immer wieder. Ich wollte doch nur wissen, ob man damit abnehmen kann und womöglich sogar gesünder wird. Stattdessen gab es übelste Beschimpfungen und natürlich jede Menge Belehrungen. Ich sag nur Ernährungsumstellung, viel Gemüse und Fisch statt Fleisch. Gähn.
Für mich steht fest, dass ich morgen 98 Kilo wiegen will, allein schon aus psychologischen Gründen. Mit Maxi bin ich meine komplette Garderobe durchgegangen, ohne dabei zu vergessen, sämtliche Eventualitäten in die Überlegungen miteinzubeziehen. Draußen sind es nur wenige Grad über Null, daher muss eine warme Jacke sein. Es könnte passieren – und ich gehe sogar davon aus – dass wir nach dem Kneipenbesuch, wo man auch eine Kleinigkeit essen kann, spazieren gehen. Mir draußen den Hintern abzufrieren, scheidet also aus.
Ich habe mich für meine braunen Stiefeletten entschieden, die zwar einen ziemlich hohen Absatz haben und mir auf dem Kopfsteinpflaster zu schaffen machen werden. Aber da muss ich durch, denn hohe Schuhe sind Pflicht, um sich einen optischen Vorteil zu verschaffen. Dazu trage ich meine dunkelblaue Lieblingsjeans, in der ich mich einfach am wohlsten fühle. Mit Ach und Krach passe ich wieder in ein

schwarzes Oberteil, das irgendwas zwischen Bluse und Tunika darstellen soll. Es ist recht schlicht, hat aber tolle braune Knöpfe und ist leicht durchsichtig. Unten drunter kommt natürlich ein Mörder-Liebestöter. Meine Mutter wäre begeistert, denn: *Ohne Mieder solltest du nicht aus dem Haus gehen!*
So richtig kuschelig warm ist meine cognacfarbene Lederjacke nicht, aber sie ist nun mal die modernste Jacke, die ich habe. Unter einem weinroten Riesenschal trage ich noch eine sündhaft teure Kette von Frey Wille. Weißgoldener Emailschmuck, ich liebe ihn. Dazu passt ein breiter Ring aus der gleichen Kollektion. Leider muss ich beim Armband auf Modeschmuck zurückgreifen und entscheide mich für ein schwarzes Lederband. Alle Klamotten sind in Größe 48 und ich werde mich den ganzen Abend darauf konzentrieren müssen, die Luft anzuhalten. Nur die Jeans sitzt endlich wieder richtig gut.
Meine Haare trage ich offen, drehe sie vorher auf große Wickler. Männer mögen angeblich keine stark geschminkten Frauen – sagen sie. In Wahrheit haben sie bloß keine Ahnung, wovon sie sprechen. Natürlich sind all die Cover-Beautys superstark geschminkt; die Frage ist eben nur, welche Farben und Techniken man anwendet. Ich werde mich definitiv stark schminken, die Augen besonders betonen.
Ich kann einfach nur beten, dass Ben in mir nicht die Wuchtbrumme sieht, sondern Jussy mit schönen Rundungen. Sei selbstbewusst, Justine Müller. Morgen stehst du vor deinem Traummann und du wirst es dir nicht mit deinen Komplexen vermasseln!

9

*****W*ie heißt das Zeug nochmal, mit dem man sich Pickel überschminkt?**

Lächelnd betrachte ich Bens SMS. Gleich halb sechs, er muss jetzt in Bremen losfahren, wenn er pünktlich sein will.

Concealer antworte ich.

Ich komm mir vor wie in einem Til Schweiger-Film! Bloß, dass ich nicht Til Schweiger bin.

Nee, Gott sei Dank nicht. Ben ist viel besser. Noch besser sogar als Matthias Schweighöfer. Ben ist perfekt. Verdammt, warum bin ich nur so dick? Nun wiege ich tatsächlich 98,8 Kilo und kann mich gar nicht richtig darüber freuen. Ich müsste viel weniger wiegen, um Ben zu gefallen.

Du musst los, du Keinohrhase. Ich bin übrigens auch nicht Nora Tschirner und erst recht nicht Jasmin Gerat.

Eher Cindy aus Marzahn. Aber das schreibe ich nicht.

Mein Magen knurrt. Außer einer Banane und zwei Zwiebäcke habe ich heute nichts zu mir genommen, aber es hat sich gelohnt. Ich fühle mich leichter als ich bin, vielleicht traue ich mich sogar zu flirten. Ich muss sogar flirten, sonst wird das alles nichts. Mein Dekolleté ist schön, soviel steht fest. Die Haare liegen perfekt und meine Wimpern fallen unter der Last der vier Schichten Mascara bald herunter. Hoffentlich rede ich keinen Blödsinn. Oh Gott, ich bin so aufgeregt!

Nach einem Beruhigungstee, zwei Pipi-Kontrollgängen und einem letzten aufmunterndem Blick in den

Ganzkörperspiegel verlasse ich die Wohnung. Immerhin ist es weder glatt, noch regnet es. Wenn ich an Zeichen glauben würde, wären das gute Zeichen. Weil ich noch zu früh dran bin, klingle ich bei Marie. Sie ist so unverstellt, dass ich sofort erkennen werde, wie ich wirklich rüberkomme.
Ding-dong. Chiara öffnet die Tür. Mit ihren zehn Jahren ist sie kein kleines Kind mehr, aber auch noch längst keine Jugendliche. Trotzdem hat sie mehr Ahnung von Styling und Klamotten, als ich es früher in dem Alter hatte. Ich lief damals noch in hässlichen Strumpfhosen und Unterhemd zu Hause rum – so viel Geschmacklosigkeit würde Chiara nicht passieren. Ihre Lieblingsfarbe ist schon lange nicht mehr pink, sondern schwarz. Süß sieht sie aus in ihrer schwarzen Leggins, dem Jeans-Minirock und einer engen schwarzen Bluse.
„Du siehst voll schön aus“, sagt sie schüchtern und mustert mich neugierig von oben bis unten. Das tut gut!
„Willst du zu Mama?“
„Ich wollte nur kurz hier an der Tür Hallo sagen. Was meinst du, Chiara, kann ich so losgehen? Sehe ich okay aus?“
„Hm“, sagt Chiara mit Kennerblick. „Sieht echt krass aus. Mamaaaaaaaaaaaaaa! Jussy ist hier!“
Im gleichen Moment schreit schon Jeffrey los und kommt auf mich zugerannt.
„Jussy! Wollen wir spielen?“
Vorsichtig beuge ich mich runter, damit ich seinen Kopf streicheln kann, während mein kleiner Schatz meine Beine umklammert. Dass er mir bloß nicht meine Frisur ruiniert.
„Nein, tut mir leid, mein Süßer. Ich hab heute keine Zeit, ich will gleich essen gehen. Ah, Marie, hi! Sag ehrlich. Ist es zu viel?“

„Nee, siehst geil aus. Du hast abgenommen. Sieht man voll.“
Mehr wollte ich nicht hören. Ein besseres Kompliment kann ich nicht bekommen, also frage ich lieber gar nicht erst weiter – zum Umziehen wäre es jetzt eh zu spät. Ich will einfach nur normal aussehen, nicht fett.
„Danke“, sage ich aufgeregt und strahle sie an, „ich muss weiter.“
Marie grinst. „Du hast bestimmt ein Date. So hab ich dich jedenfalls noch nie gesehen. Ehrlich, Chiara, Jussy sieht schick aus, oder?“
Bewundernd mustern meine drei neuen Freunde mich und nicken. Sie finden mich schick. Sieht man voll.

***

Was ich nie schaffe, ist zu spät zu kommen. Andere Frauen schwören ja darauf, mindestens fünfzehn Minuten nach dem vereinbarten Termin aufzukreuzen, aber ich kann das einfach nicht. Ich bin immer zu früh, egal um welchen Anlass es sich auch handeln mag. Manchmal wünsche ich mir die Gelassenheit der Leute, denen es total egal zu sein scheint, wenn andere auf sie warten. Ich hoffe, dass es nicht uncool ist, wenn ich Punkt halb sieben vorm *Schröders* auf der Matte stehe. Ach, ich hoffe so vieles, aber ich habe mir stundenlang esoterische Sinnsprüche im Internet verinnerlicht, dass sie einfach wirken müssen.
Das Äußere erweckt unsere Aufmerksamkeit, doch die wahre Faszination entsteht durch den Blick ins Innere.
Dare to be different.
Lass dich fallen, lass das zu, was jetzt ist.
Ommmmmm. Äußerlich ruhig spaziere ich durch die Straßen. Es ist schon dunkel, aber da die Geschäfte

gerade erst schließen, herrscht noch etwas Gewusel. Verden ist zwar eine Kreisstadt, aber besonders viel los ist hier nicht. Ich mag diese Mischung aus dörflicher Beschaulichkeit und dem Duft der großen weiten Welt, wenn die großen Pferde-Events stattfinden. Das Kopfsteinpflaster ist mit den Stiefeletten gut zu bewältigen; erleichtert gehe ich die letzten Schritte bis zum Lokal, das man über drei Treppenstufen aufwärts betreten kann. Unauffällig schaue ich schon vorher nach rechts zum großen Parkplatz, kann aber keinen Ben entdecken. Noch fünf Schritte bis zur Treppe; soll ich draußen warten oder einfach reingehen?
Als ich genau vorm Gebäude stehe, tritt Ben von rechts heran. Ich hatte ihn vorher gar nicht gesehen und lache erschrocken auf.
„Huch, wo kommst du denn her?“, frage ich und schaue hoch.
Ben ist etwa einen Kopf größer als ich, Gott sei Dank. Wir schauen uns in die Augen.
„Ich parke da drüben und wollte nicht schon eine halbe Stunde vorher wie ein Trottel hier rumstehen. Hallo erstmal“, sagt er.
Er lächelt genau wie auf dem Foto; ich bin hin und weg.
„Hallo! Ähm …“
„Ja, genau. Ich weiß auch nicht, was man jetzt so sagt. Wollen wir reingehen?“
Dankbar antworte ich: „Gerne.“
Ben lässt mir den Vortritt und hat somit eine hervorragende Sicht auf meinen dicken Hintern. So lässig und selbstbewusst wie möglich gehe ich nach oben; Ben greift von hinten an den Türgriff und öffnet uns. Höflich ist er auch noch.

Im *Schröders* ist nichts los, was mich erleichtert. Ein Blick zum Fenster zeigt mir, dass der beste Platz noch frei ist.
„Wollen wir uns dorthin setzen?“, frage ich Ben.
Er nickt. Jetzt ist es wohl an der Zeit, dass ich meine schützende Jacke ausziehe. Gerne würde ich meinen Schal umbehalten, aber ich will nicht wie ein Teenager wirken. Schüchtern lächeln wir uns immer wieder an, setzen uns dann über Eck an einen kleinen Tisch. Ben hat das Fenster im Rücken, ich die Wand. Seine Klamotten gefallen mir. Unter einem blauen, schlichten Pulli trägt er ein weißes T-Shirt. Dazu Jeans und braune Lederschuhe. Er ist sehr attraktiv, ohne die Spur eingebildet zu wirken, könnte glatt für fünf Jahre jünger durchgehen. Normalerweise sehe ich solche Männer, wenn sie mit wunderschönen Blondinen am Nebentisch sitzen. Jetzt sitzt ein solches Exemplar neben mir.
Wir beginnen mit Smalltalk. Ich bemühe mich, nicht zu viel zu reden, was ich normalerweise bei Unsicherheit gerne tu. Ben ist ein Gentleman, hört aufmerksam zu, schaut mir in die Augen, nicht auf den Busen. Überhaupt scheint sein Blick mich nicht abzuscannen. Ich kann nicht erkennen, dass er mich dick und unattraktiv findet. Nein, er ist ganz eindeutig genauso begeistert wie ich von dem, was er sieht und hört.
Nachdem wir eine Flasche Rotwein und zwei Gläser bekommen haben, entspanne ich mich etwas. An die Kalorien denke ich jetzt mal lieber nicht, eher an die lockernde Wirkung von Alkohol.
Ich lehne mich zurück an die Wand, ziehe natürlich den Bauch dabei ein, aber fühle mich auf einmal wohl. Ben beugt sich etwas weiter vor, hat seine Hände auf der rustikalen Tischplatte abgestützt. Er hat schöne, große Hände.

„Bist du enttäuscht?“, fragt er mit einem schelmischen Blitzen in den blauen Augen.
„Ich? Warum sollte ich enttäuscht ein?“, gebe ich grinsend zurück.
„Gegenfragen sind nicht erlaubt. Ich habe zuerst gefragt. Also, bist du enttäuscht, hast du mich dir anders vorgestellt? Dir mich, äh, du weißt schon.“
Wir lachen beide. Was ist das nur für ein süßer Kerl!
„Nein, ich bin nicht enttäuscht.“ Einmal tief Luft holen. „Ganz im Gegenteil.“
„Soso“, sagt Ben. Er flirtet mit mir, kein Zweifel. Mein Herz rast vor Aufregung, das ist alles fast zu schön, um wahr zu sein. „Dann sind wir uns ja mal wieder einig.“
„Ähm, willst du eigentlich was essen? Die haben hier ganz leckere Sandwiches und ein paar andere Kleinigkeiten.“
„Ja, klar, warum nicht. Aber nur, wenn du auch was isst.“
„Ich habe eigentlich gar keinen Hunger“, lüge ich.
„Ach, komm, wir können uns ja auch was teilen. Das ist sehr romantisch, habe ich mir sagen lassen.“
„Soso“, antworte ich. „Okay, lass uns romantisch unser Mahl teilen.“
„Unser Liebesmahl.“
Das war deutlich. Und bei mir ist es auch deutlich. Ich bin bis über beide Ohren in Ben verliebt!

***

Nach drei Stunden im *Schröders*, in denen wir uns fabelhaft unterhalten und die ganze Zeit heftig miteinander geflirtet haben, fragt Ben mich, ob wir ein bisschen spazieren gehen wollen. Er lässt sich nicht davon abhalten, die Rechnung zu bezahlen. Nun spüre

ich seine Blicke doch, während ich mir Jacke und Schal anziehe. Bitte, lieber Gott, mach, dass er nicht angewidert von mir ist.
Draußen ist es herrlich kühl, das tut gut. Mein Gesicht ist vor lauter Aufregung bestimmt rot und verschwitzt geworden, sodass ich nun runterglühen kann.
„Wo lang?", fragt Ben.
„Wir könnten runter an die Aller gehen, da kann man schön am Wasser lang laufen. Okay?"
„Einverstanden, gehen wir. Du, Jussy?"
Wir halten etwa dreißig Zentimeter Sicherheitsabstand zwischen uns. Mit seiner schwarzen Steppjacke streift er manchmal meine linke Seite. Konzentriert schaue ich auf das Kopfsteinpflaster und hoffe, dass wir bald an der normalen Querstraße ankommen. Dort kann ich mich freier bewegen.
„Ja, du, Ben?"
„Es ist richtig schön mit dir. Ich kann mich gar nicht mehr dran erinnern, wann ich das letzte Mal mit einer Frau so nett geredet habe."
Nett. Oh-oh. Hoffentlich interpretiere ich das falsch. Ich tu so, als ginge es mir genauso, dabei bin ich längst nicht nur von unserer guten Unterhaltung fasziniert.
„Ich finde es auch toll, dass uns auch in echt der Gesprächsstoff nicht ausgeht. Hätte ja sein können. Stell dir mal vor, wir wären nur an der Tastatur so locker drauf", sage ich. „Übrigens habe ich gar keinen Pickel bei dir gesehen. Du musst dich perfekt geschminkt haben!"
„Da kannst du mal sehen, ich verfüge über ganz besondere Qualitäten. Na, Gott sei Dank ist er dir nicht aufgefallen. Und jetzt ist es schön dunkel, da bleiben dir meine körperlichen Makel verborgen. Puh!"

Ob ich es anspreche? Soll ich ihn einfach fragen, ob ihn meine körperlichen Makel stören? Ich weiß nicht, welcher Teufel mich reitet, aber es platzt einfach aus mir raus.
„Meine hingegen bleiben auch bei Dunkelheit nicht verborgen."
Ben bleibt stehen. „Hä?"
Auch ich bleibe stehen, drehe mich zu ihm. Wir sind nur noch wenige Schritte vom Flussufer entfernt, schauen uns auf einem Schotterweg aus Kies in die Augen. Der Wind bläst mir sachte ins Gesicht, Ben geht einen Schritt zur Seite, um mich davor zu beschützen. Sein Blick scheint zu fragen: *Was ist los?*
„Ich weiß nicht, wie ich es sagen soll, Ben. Es ist mir so peinlich."
Schüchtern gucke ich nach unten, fixiere einen Punkt neben Bens Füßen. Ben greift mit der rechten Hand nach meinem Kinn, hebt es ganz vorsichtig an, sodass ich seinem Blick nicht mehr ausweichen kann.
„Was bleibt mir nicht verborgen, Jussy? Ich sehe keine Makel, sondern eine wunderschöne Frau."
„Ich bin … ich bin …"
Mir steigen Tränen der Angst und Scham in die Augen, aber Ben lässt mich nicht entwischen. Er will wissen, was ich sagen will, dabei sollte er es ahnen. Er ist ja schließlich nicht blind.
„Dass ich zu dick bin. Stört dich das nicht? Sei ruhig ehrlich, Ben, ich wäre dir nicht böse, ich könnte das verstehen! Ich fühle mich so unwohl, ich nehme ja auch schon ab, aber es ist viel zu wenig bis jetzt. Oh Mann, was musst du jetzt von mir denken? Das ist so peinlich!"

Mit den Händen versuche ich meine Tränenflut zu verbergen, ich drehe mich zur Seite, doch Ben greift nach meinen Schultern.
„Jussy, hey, du spinnst wohl! Ich weiß gar nicht, was auf einmal los ist, habe ich irgendwas Falsches gesagt? Oder doof geguckt oder so? Jussy, nun wein doch nicht, es ist alles gut! Ich hab doch schon mal gesagt, dass ich keine Freundin mit Modelfigur suche. Denkst du denn, ich bin so oberflächlich?“
Nein, das denke ich nicht. Aber indirekt hat er bestätigt, dass er mich dick findet. Ich bin ja auch dick. Ach, ich weiß überhaupt nicht, was ich eigentlich will. Soll er mich anlügen und behaupten, ich sehe aus, als wöge ich 60 Kilo? Verdammt! Verschämt tupfe ich meine Augen trocken. Was aus meinen Mascara-Massen geworden ist, möchte ich lieber gar nicht wissen.
„Ist egal. Entschuldige bitte, war blöd von mir. Lass uns bitte das Thema wechseln.“
Ratlos lässt Ben die Arme sinken.
„Okay. Aber echt, es ist alles in Ordnung von meiner Seite aus, wirklich, das musst du mir glauben.“
„Ja, ist schon gut, sorry, Ben, lass uns bitte weitergehen.“
Stumm spazieren wir weiter, doch der Flirt ist dahin. Schuld daran bin ich. Ich habe es vermasselt mit meinem dämlichen Gefühlsausbruch. Anstatt meine Komplexe für mich zu behalten, weise ich Ben mit der Nasenspitze darauf hin. Sieh her, wie fett ich aussehe! Hast du es noch nicht bemerkt? Wie blöd ich doch bin.
Wir erzählen uns Geschichten über unsere Familien, unsere Schulzeit und wo wir schon überall gewohnt haben. Manchmal weicht er mir aus, aber ich kann nicht einsortieren, was er mir verschweigen will. Es ist die Zeit, nachdem er aus einer WG in Lüneburg

ausgezogen ist und später in Bremen anfing zu arbeiten. Irgendwie will es mir nicht gelingen herauszubekommen, was er in diesen Jahren gemacht hat. Vielleicht hat er zwei Jahre mit einer Freundin zusammengelebt oder war so lange arbeitslos. Ich kann mir keinen Reim darauf machen, aber ich mag nicht penetrant werden und frage nicht weiter nach.

Da mir kalt wird, laufen wir oben auf dem Gehweg weiter, zurück in Richtung Parkplatz. Ich trau mich nicht zu fragen, ob Ben noch mit zu mir kommen mag. Der Zauber des Abends ist verflogen. Jetzt unterhalten wir uns wirklich nur nett, wie zwei gute Bekannte. Ich habe meinen Traummann vergrault.

10

„Die hier vielleicht?“
Maxi hält eine Packung Kekse hoch. Wir stehen vor einem Süßigkeitenregal in einem kleinen Reformhaus. In Wirklichkeit gibt es hier anscheinend weder Zucker, noch Gluten oder Laktose; von Süßigkeiten kann also keine Rede sein. Kekse, die nach nichts schmecken, will ich nicht, da kann ich auch gleich bei den pappigen Reiswaffeln bleiben. In solchen Naturkostläden fühle ich mich immer etwas deplatziert. Es riecht leicht miefig, die Verkäuferinnen scheinen mir an der Nasenspitze anzusehen, dass ich keinen blassen Schimmer habe, welche Produkte ich überhaupt brauche. Und außerdem ist es grundsätzlich zu eng.
„Nee“, sage ich, „guck mal bitte, ob die Reiswaffeln mit Schokolade haben. Oh Gott, hier ist Vanillepuddingpulver. Das sieht ja schon auf der Packung aus wie Asche, gar nicht so schön vanillegelb. Das muss ich unbedingt ausprobieren. Vielleicht schmeckt es ja sogar besser als der gelbe Pudding, man weiß es nicht.“
„Das könnte daran liegen, dass keine schädlichen Farbstoffe enthalten sind“, klugscheißt Maxi.
„Als ob dich das jemals interessiert hätte. Tu doch nicht so ökohaft.“
„Ich wollte nicht in diesen Laden, das war deine Idee, Schwesterherz.“
„Das dient alles nur der Ablenkung. Mit einem gesunden Körper zu einem gesunden Geist oder wie

heißt es so schön? Los, komm, ich will bezahlen. Hast du die Brühe und das Brot?“
„Ja. Draußen erzählst du mir aber nochmal von Ben, ich habe das irgendwie nicht richtig kapiert.“
Als ob ich es kapieren würde. Ich verstehe doch selbst nichts. Mit dem gefüllten Einkaufskorb verlassen wir den Laden, steuern ein altmodisches Café an. Hier haben wir früher mit unseren Eltern Kuchen gegessen, was immer etwas ganz Besonderes war. Maxi und ich fühlen uns auch heute noch geborgen in dieser guten Stube, die aussieht wie aus einer anderen Zeit. Auf den Tischen liegen Spitzendeckchen und die Fenster sind mit schweren, weißen Gardinen zugehängt. Leise dudelt irgendeine Schlagermusik aus einem Radiosender, der bestimmt nur von Insidern gefunden wird.
Eine Bedienung mit schwarzem Rock, weißer Bluse und Schürze nimmt die Bestellung auf. Meine Diät ist mir bereits so in Fleisch und Blut übergegangen, dass ich auf die sonst übliche Käsesahnetorte verzichte und nur Kaffee und Wasser bestelle. Maxi schaut mich grübelnd an, überlegt kurz und bestellt ihren geliebten Mohnkuchen.
„Er hat sich also seit vorgestern nur einmal bei dir gemeldet, richtig? Und du wertest das als klare Absage an dich, korrekt?“, fragt Maxi und fummelt dabei an einer winzigen Porzellanvase samt gelber Nelke herum.
„Ja, er hat mich noch bis zur Haustür begleitet und ist dann allein zum Parkplatz vorm *Schröders* gegangen. Nachts um vier hat er eine kurze Mail geschrieben, in der stand, dass er es trotz des komischen Abschlusses sehr nett fand und sich morgen wieder meldet.“
„Also gestern. Und das hat er nicht gemacht.“
„Genau“, sage ich bekümmert.
„Er fand es sehr nett? Das ist eher …“

„Scheiße. Richtig. Ich habe ihm noch geantwortet, dass ich es auch sehr schön fand. Und dass mir mein Gefühlsausbruch total peinlich ist. Darauf kam nichts. Keine Reaktion. Ich mein, das ist doch deutlich, oder? Ich bin so bescheuert, Maxi!“
„Es ist wirklich sehr blöd gelaufen, das sehe ich auch so. Aber mach dich selbst nicht so fertig. Irgendwie kann ich es nachvollziehen. Ihr habt euch gut unterhalten, du fühltest dich sicher und alles war schön. Und da dachtest du eben, dass du ihm jetzt dein Herz ausschütten kannst. Ach Mensch, Jussy, es tut mir so leid. Was willst du denn jetzt machen? Du kannst doch nicht einfach so aufgeben!“
Unsere Getränke und Maxis Kuchen werden serviert. Wie eine Verhungernde stürzt sich meine Schwester auf ihren Teller. Ich weiß seit vorgestern noch nicht mal mehr, wie sich Hunger anfühlt. Das ist das einzig Gute an der Misere, denn vielleicht werde ich ja doch endlich magersüchtig.
Ja, ja, bitte nehmen Sie es mir nicht krumm, ich weiß, dass das ein schlechter Witz ist. Aber so einen kleinen Anfall von Magersucht, vielleicht zwei, drei Monate lang, den könnte ich schon gut gebrauchen. So meinte ich das.
„Willst du echt nichts essen?“, fragt Maxi mich mit Krümeln an der Lippe. „Man sieht schon voll, dass du abgenommen hast, aber du übertreibst etwas. Weißt du selber, oder?“
„Denkst du, ich bin doof und fang jetzt mit dem Futtern wieder an, wo es so gut läuft? Man sieht ja, was meine Figur angerichtet hat! Kaum, dass ich meinen absoluten Traummann gefunden habe, vergraule ich ihn gleich wieder. Das kann doch echt alles nicht wahr sein!“

„Das war nicht deine Figur, Jussy. Das warst du ganz allein. Ich glaube nicht, dass Ben sich verkrümelt hat, weil er dich zu dick findet. Du hast doch selbst gesagt, dass alles super lief, bis du mit dem Thema angefangen hast.“

„Hm, stimmt.“

„Siehst du. Und dann kam erst der Einbruch. Meinst du, dass er vielleicht denken könnte, du seist so eine irre Psycho-Tante? So eine, die immer nur rumheult und hysterisch wird? Ich kann mir das vorstellen.“

Nachdenklich schaue ich Maxi dabei zu, wie sie mit der Kuchengabel den Mohnkuchen zerteilt. Sie könnte recht haben. Ben hält mich für eine durchgeknallte Person. Ich bin vielleicht komplexbeladen und langweilig, aber hysterisch bin ich nicht. Ich muss Ben unbedingt beweisen, dass ich keine stressige Kreisch-Kuh bin.

„Sag ihm die Wahrheit, Jussy, die ganze Wahrheit. Sag ihm, wie sehr du unter deinem Gewicht leidest, dass du schon vorher vor lauter Angst kaum Gelegenheit hattest, dich auf euer Treffen zu freuen. Wenn er wirklich so ein Traummann ist, wird er es verstehen“, meint Maxi und tippt mit dem Zeigefinger die letzten Krümel vom Teller.

***

**Lieber Ben,*

diese Mail werde ich nicht wie alle vorangegangenen Versuche in den Datenmüll werfen. Dieses Mal schreibe ich all das, was ich dir schon früher hätte sagen sollen, wirklich auf – und dann drücke ich auf Senden. Es fällt mir unglaublich schwer, mich so zu öffnen und mit der Wahrheit rauszurücken. Kaum einer kennt diese Seite von mir. Ich halte sie schön verschlossen und

überspiele sie mit lockeren Sprüchen. Kaschiere sie mit vorteilhaft sitzender Kleidung.
Als du mich nach einem Foto gefragt hast, habe ich nicht wie andere Menschen auch nach dem Bild gesucht, auf dem ich besonders nett gucke oder schön geschminkt bin. Stattdessen dachte ich gleich: Jetzt wird er sehen, dass ich nicht nur drei oder vier Kilo zu viel auf den Rippen habe, sondern wesentlich mehr. Ich hatte Angst, dass du mich sofort ablehnst, aber das hast du nicht getan.
Dann kam das Treffen. Ich konnte vorher tagelang nichts essen – gut, ich mache sowieso seit Wochen eine Diät, aber trotzdem – weil ich a) so aufgeregt war und b) unbedingt noch mehr abnehmen wollte. Ich war zwar endlich wieder ein Uhu, aber auf einmal reichte mir das nicht ansatzweise.
Ständig dieser Gedanke daran, dass du dich erschrecken könntest oder mich unattraktiv finden würdest. Ich hatte Klamottenprobleme, hasste mich selbst dafür, dass ich nicht verdammt nochmal schon mehr Gewicht runter habe ... – Ich glaube, ich war schon richtig irre vor Angst.
Und dann war doch alles so klasse mit dir. Ich habe den Abend wirklich sehr genossen, Ben, ich habe mich schon lange nicht mehr so wohl gefühlt. Warum ich dann draußen zur Heulsuse mutierte, weiß ich selbst nicht so genau. Es liegt aber nicht an dir, es liegt an mir. Sonst bin ich nicht solch ein Sensibelchen, großes Indianerehrenwort!
Verzeihst du mir diese Gefühlsduselei oder findest du mich jetzt doof?
*Liebe Grüße, Jussy**

Ohne nach Rechtschreibfehlern zu suchen, schicke ich ab. Ich kann mich nicht daran erinnern, mich jemals vor einem Mann so nackig gemacht zu haben. Vor einem fast fremden Mann auch noch. Vermutlich bin ich durchgedreht, aber wenn ich noch irgendwas retten kann, dann muss ich jetzt ehrlich sein. Es dauert nur eine halbe Stunde, da landet Bens Antwort in meinem Postfach. Meine Hände zittern so sehr, dass ich sie unter meinen Po schiebe, während ich lese.

**Liebe Jussy,*
erst einmal: Was ist ein Uhu? Ich meine, natürlich weiß ich, was ein Uhu ist, aber du bist doch keiner. Oder doch? Du sagst es zumindest. Bist du vielleicht doch ein bisschen verrückt (Scherz)? Ich finde dich nicht doof, so ein Quatsch. Auch ich fand den Abend richtig schön und es war überhaupt nicht schlimm, dass du auf einmal so traurig warst. Ich habe mich ehrlich gesagt schon gefragt, was ich falsch gemacht habe, aber jetzt weiß ich ja, dass ich alter Trottel mich ausnahmsweise mal benommen hab.
Mach dir bitte keine Sorgen, es ist alles gut, ich habe nur unheimlich viel um die Ohren momentan. Das hat aber nichts mit dir zu tun und schon gar nicht mit deinem Gewicht. Hältst du mich wirklich für so oberflächlich?
Wir können das ja gerne wiederholen, okay?
*Schlaf gut, du Nachteule, Ben**

Er hat nur unheimlich viel um die Ohren momentan – das klingt gar nicht gut. Seine Mail klingt ganz anders als die vor unserem Treffen. Unverbindlich, wie mit einer netten Freundin, nicht mehr und nicht weniger. Na, super. Und jetzt muss ich ihm auch noch erklären, was ein Uhu ist, weil es mir so blöd rausgerutscht ist. Oder habe ich das absichtlich rausrutschen lassen? Verdammter Mist, Ben ist eindeutig kühler als zuvor. Dass er den Ball zurückgibt und mich fragt, ob ich ihn für oberflächlich halte, habe ich fast erwartet. Irgendwie kein schöner Schachzug, aber typisch Mann. Am Ende hat man sowieso immer nur alles falsch verstanden. Er findet mich zu dick oder zu sensibel oder womöglich sogar für verrückt. Herzlichen Glückwunsch, Jussy, das hast du wirklich ganz toll hinbekommen!

11

Zwei Wochen sind vergangen, seitdem Ben und ich uns gesehen haben. Zwei Wochen voller Zweifel, Wut und Unverständnis. Mal bin ich sauer auf mich, dann wieder auf ihn, später auf die ganze Welt. Warum habe ich solch ein Pech? Seit gestern nehme ich mir fest vor, das alles positiv zu sehen. Ich habe weitere vier Kilo abgenommen und bewege mich auf direkter Zielgerade auf eine 8 am Anfang auf der Waage vor. Heißhungerattacken habe ich inzwischen nahezu täglich, aber ich gebe so gut wie nie nach. Na ja, das ist vielleicht übertrieben. Meine erste Pizza seit Wochen kam einem Essen im Sternerestaurant gleich. Hinterher plagte mich ein schrecklich schlechtes Gewissen und ich sparte zwei Mahlzeiten aus.

Nachdem ich Ben erklärt habe, was ein Uhu ist, fiel seine folgende Mail wieder seltsam kühl aus. Vielleicht habe ich zu viele Märchen aus dem Osten im Fernsehen gesehen, keine Ahnung. Aber ich hätte mir einfach gewünscht, dass er liebevoller, fürsorglicher reagiert hätte. Schon wieder schob er *massenhaft blöde Termine* vor, aber es hatte natürlich nichts mit mir zu tun. Ist klar, ich habe verstanden.

Es tut verdammt weh, aber ich versuche tapfer zu sein. Was war denn schon? Wir haben uns noch nicht einmal berührt, geschweige denn geküsst. Dabei würde ich so gerne mal wieder küssen. Ich sollte mir allerdings wohl lieber Männer dafür aussuchen, die meiner Liga entsprechen. Außerdem werde ich mich eh nicht dauerhaft verbiegen können. So sehr mir meine schmalere Silhouette gefällt – wobei man nicht wirklich von schmal sprechen kann – muss ich trotzdem davon ausgehen, dass aus mir nie ein zierliches Püppchen werden wird. Muss ich auch nicht, ich bin ich und niemand anderer. Eigentlich kann Ben mir gestohlen bleiben. Wenn nur diese scheiß Sehnsucht nicht wäre, die mich hauptsächlich nachts überkommt. Dann denke ich daran, wie wir im *Schröders* gesessen haben und er mich angeschaut hat …

***

**Liebe Freunde der Faulheit,*
jeden Abend um 20 Uhr, direkt im Anschluss ans Perfekte Dinner – also genau dann, wenn politisch interessierte Menschen die Tagesschau gucken, quäle ich mich mit Prominent, der überflüssigsten Sendung im Fernsehen. Überflüssig deshalb, weil ich am Wochenende doch sowieso alles gebündelt auf RTL *Exclusiv schaue. Trotzdem zieh ich sie mir regelmäßig rein, die Sendungen über die Reichen und Schönen. Dabei würde ich mich nicht als oberflächlich bezeichnen. Schon gar nicht als reich oder schön.*
Genau genommen bin ich das Gegenteil von all dem. Es gibt Tage, an denen ich schon beim Aufwachen weiß, dass ich in den nächsten 48 Stunden keiner Menschenseele über den Weg laufen werde. Herrlich! Dann feiere ich mein Leben, weil ich ein Glückspilz bin, so ganz ohne Mann, Kind, Eltern oder WG-Mitbewohner um mich rum. Stellt euch also vor, heute wäre solch ein Tag. Ihr hättet gestern das letzte Mal geduscht, wacht nun auf und denkt: Geil, erst übermorgen muss ich raus, um frisches Brot zu kaufen! Das bedeutet im Klartext: Drei Tage lang keine Haare waschen, nicht schminken, in einer ausgebeulten Jogginghose rumlaufen. Für mich ist das der Inbegriff von Freiheit

und selbstbestimmtem Leben – wenn ich schon nicht als Hippie auf einer Südseeinsel leben kann, dann doch zumindest als Nerd in der eigenen Wohnung.
Karl Lagerfeld sagt, dass man die Kontrolle über sein Leben verloren hat, wenn man eine Jogginghose trägt. Und verdammt, er hat recht – ich finde es gibt nichts Besseres, als die Kontrolle über sein Leben zu verlieren.
*Let's get freaky, eure Jazz.**

Zufrieden lehne ich mich mit dem Rücken an die Wand. Ich muss es mir nur oft genug selbst vorsagen, dann glaube ich es. Ich bin ein glücklicher Mensch. Mir geht es gut, ich bin gesund und jetzt nehme ich sogar noch ab. Seit einigen Tagen hocke ich andauernd auf dem Boden herum. Die Perspektive von hier unten ist eine ganz andere. Wenn das so weitergeht, kaufe ich mir noch eine Yoga-Hose. Gut ist, dass ich inzwischen viel leichter wieder hochkomme. Das muss ich jetzt auch, denn es hat geklingelt.
„Hallo?", frage ich in die Gegensprechanlage.
„Hallo, ich hab hier ein Päckchen für Sie!"
„Sie haben nicht zufällig Lust, es hochzubringen?"
„Nein, habe ich nicht. Ich warte hier unten."
Servicewüste Deutschland. Na gut, jeder Gang macht angeblich schlank, wobei dieser Spruch auf meiner Hass-Liste ganz oben steht. Ich bin schon immer andauernd die Treppe rauf und runter gegangen und das hat mich nie schlanker gemacht. In Jogginghose, T-Shirt und den peinlichen, von Maxi geschenkten Schweinchen-Hausschuhen hetze ich die Stufen nach unten. Noch vor wenigen Wochen hätte ich mir eine Jacke übergezogen. Mein Selbstbewusstsein steigt mit jedem schwindenden Kilo. Doof eigentlich, aber ich bin wohl ein schlichterer Mensch, als ich im Blog vorgebe.

Der Postbote hält mir ein Päckchen in Schuhkartongröße vor die Nase sowie seinen elektronischen Gehilfen, auf den ich meine Unterschrift kritzeln soll. Wie immer unterschreibe ich nicht mit meinem richtigen Namen, sondern mit irgendeinem Krickel-Krakel. Finde ich jedes Mal irre komisch, dass es ganz egal zu sein scheint, was man mit dem schwarzen Plastikstift auf den Mini-Monitor schreibt. Das ist eigentlich eine Lücke, die Briefzusteller nutzen könnten. Tun sie vielleicht auch. Ich glaube, darüber sollte ich mal bloggen.

Was wohl in dem Päckchen drin ist? Ich habe ausnahmsweise überhaupt nichts online bestellt. Auf dem Absenderaufkleber ist nur ein unleserliches Geschmiere zu sehen – der geheimnisvolle Versender ist vermutlich genauso ein Scherzkeks wie ich beim Postannehmen.

Zurück auf meinem neuen Lieblingsplatz im Wohnzimmer, strecke ich die Beine aus und lege das Päckchen dazwischen auf den Boden. Man wird etwas wunderlich, wenn man so lange wie ich alleine lebt, aber ich bekomme nun mal nicht oft einfach so ein Päckchen. Eigentlich nie. Dummerweise habe ich weder Schere noch Messer zur Hand, also prökel ich mit den Fingern am braunen Paketband herum, bis ich endlich das Packpapier abreißen kann und ein lilafarbener Karton zum Vorschein kommt. Das Lila stammt von einem matten Geschenkpapier, doch viel schöner ist der pinkfarbene Glitzerstiftschriftzug. Lächelnd fahre ich mit dem Finger über die vier Buchstaben, die in schnörkeliger Schönschrift aufgetragen sind. *HUHU* steht dort.

Als ich den Deckel öffne, seufze ich glücklich auf. Wie niedlich! Ein gehäkelter Woll-Uhu füllt den gesamten

Schuhkarton aus. Er ist mit Watte gefüllt und sieht wahnsinnig süß aus. Die Grundfarbe ist lila und er besteht aus lauter rosa und pinkfarbenen Sechsecken, die in sich einzelne Blumenmuster tragen. Ein richtiger Plüsch-Uhu. Ich bin entzückt und drücke das kuschelige Teil an mich. Nur ein kleiner Zettel liegt bei:
Huhu, ich bin dein Uhu!
Sofort sind meine Zweifel verflogen. Ben ist der Hit, auf solch eine Idee kommt doch kein anderer Mann! Ich will ihn zurückhaben, auch wenn ich ihn noch gar nicht hatte. Und zwar sofort. Mit meinem persönlichen Uhu auf dem Schoß schreibe ich Ben eine SMS.
Habe grad das schönste Geschenk ever, ever, ever ausgepackt! Tausend Dank und: Huhu auch vom Uhu!
Wie ein Kind unterm Weihnachtsbaum strahle ich vor mich hin. Gleich wird Ben mir bestimmt zurückantworten und die blöde Phase ist ein für alle Mal vergessen. Mein Uhu ist so wunderwunderschön, dass ich heulen könnte vor Freude. Doch leider schreibt Ben nicht zurück, weder auf dem Handy, noch per Mail oder im Blog. Was soll das denn jetzt? Ob das Päckchen gar nicht von ihm ist? Aber von wem sollte es sonst sein? Ich rufe Maxi an, überfalle sie regelrecht mit meinem Wortschwall.
„Sag mal schnell, hast du mir was geschickt?"
„Hä? Wie geschickt?"
„Ob du mir ein Päckchen mit einem Uhu geschickt hast! Antworte einfach!"
„Mit einem Uhu? Was? Ich? Wovon redest du?"
Maxi kann wirklich schwer von Begriff sein, ich sehe sie förmlich vor mir, wie sie ihre rechte Oberlippe hochzieht, als wolle sie Billy Idol imitieren. Aber sie ist die Einzige, die von meinem Uhu-Spleen weiß; neben Ben natürlich.

„Ja, du. Also, hast du mir etwas geschickt oder hast du nicht?“
„Nein, ich habe dir nichts geschickt. Hätte ich sollen?“
„Okay, danke. Nein, nein, alles ist gut. Dann ist es von Ben“, sage ich und weiß nicht, ob ich mich darüber freuen soll oder nicht.
„Ben hat dir ein Päckchen mit einer Eule geschickt? Ausgestopft oder was?“
„Quatsch, doch nicht ausgestopft. Aus Wolle, gehäkelt oder so. Sieht total süß aus und eine kleine Karte ist auch dabei. *Huhu, ich bin dein Uhu* steht drauf. Das kann doch nur von Ben sein, wenn du es nicht bist. Den Absender ist nicht zu entziffern.“
„Warum fragst du ihn nicht einfach?“
„Habe ich ja schon, aber er antwortet nicht. Na ja, vielleicht muss ich einfach etwas mehr Geduld haben. Ich schreibe ihm vorsichtshalber noch eine Mail; vielleicht hat er die SMS nicht bekommen oder er hat eine neue Handy-Nummer.“
„Bestimmt …“, sagt Maxi mit ironischem Unterton.
Leider behält sie mit ihrer unausgesprochenen Vermutung recht. Ich bewache Handy und Computer, aber Ben meldet sich nicht. Was soll das alles bedeuten?

***

Ein Königreich für ein Baguette mit Schinken, Käse und Joghurtdressing! Ich habe solch einen Hunger, ich könnte auf der Stelle eine *Subway*-Filiale überfallen! Mein altes Ernährungsmuster kommt wohl wieder durch – wenn ich Frust habe, muss ich essen. All die Wochen habe ich es gut ausgehalten, aber dass Ben mich jetzt zum zweiten Mal im Unklaren lässt, macht mich völlig fertig. Wie tröstlich wäre es jetzt, etwas

Anständiges zu futtern! Diese ewige Hungerei geht so auch nicht weiter. Natürlich weiß ich, dass solche Diäten den Jo-Jo-Effekt geradezu herbeirufen.
Im Internet suche ich nach einer Diät, die mich satt und schlank macht. Gibt es bestimmt nicht. Das Einzige, was ich noch nie probiert habe, sind die No-Carb-Diäten, also ohne Kohlenhydrate. Ohne Kohlenhydrate kann ich ganz bestimmt nicht leben. Zwar ist das Hungern an sich für mich nicht das Allerschlimmste, aber wenn ich etwas esse, dann sind es eben Kohlenhydrate. Ich esse lieber Kartoffeln und Gemüse als dass ich Fleisch und Fisch verdrücke. Man könnte mich auch als verhinderten Vegetarier bezeichnen.
Erstaunt bleibe ich bei einer französischen Diät hängen, von der ich zuvor noch nie gehört habe. Sehr erstaunlich. Es ist so was wie die Hollywood-Diät, außerdem hat sich Kate Middleton, bevor sie Prinzessin Kate wurde, damit in ihr Hochzeitskleid gehungert. Es gibt fast ausschließlich Fleisch, Fisch, Eier und magere Milchprodukte zu essen, nur manchmal darf man Gemüse verspeisen. Die Erfolgsberichte klingen so gut, dass ich mich immer weiter in das Thema einlese und mir zum Schluss das entsprechende eBook runterlade. Einen großen Vorteil hat diese Diät nämlich: Man wird immer pappsattt. Und ich wäre wirklich sehr gerne mal wieder satt.
Das Gute an einer neuen Diät ist, dass man alles andere im Leben komplett vergisst. Ben spielt urplötzlich nur noch eine Nebenrolle in meinem Kopf. Ich bin völlig euphorisiert von meiner neuen Diät, die ich einfach morgen beginnen werde. Zum Arzt gehe ich entgegen der Ratschläge nicht, weil ich erst letztes Jahr ein großes Blutbild hab machen lassen. Da war alles in Ordnung. Ich werde schon nicht gleich wegen

Mangelerscheinungen tot umkippen – außerdem ernähre ich mich schon seit Wochen nicht ausgewogen. Übergewicht ist schließlich auch nicht gesund. So rede ich mir meine Arzt-Unlust weiter schön und es gelingt wie immer.
Mit einem für mich ungewöhnlichen Einkaufszettel gehe ich in den Supermarkt. Hähnchenbrust, Tatar, Krabben und Lachs, dann Frischkäse, Quark und Joghurt. Natürlich alles mit so wenig Fett wie möglich. Igitt. Immerhin darf ich manchmal Cornichons essen und aus Haferkleie backe ich mir jeden Tag einen Pfannkuchen. Wenn ich mit dieser Protein-Schocker-Diät abnehme, wäre ich begeistert. Wenn's schön macht, brat ich mir eben jeden Tag ein Steak, man gönnt sich ja sonst nichts.

***

Im Fernsehen läuft gerade eine Wiederholung von Prinz Williams' Hochzeit. Die Hintern der Middleton-Familie sind wirklich beneidenswert. Wie lange die wohl meine Diät gemacht haben? Ich löffle meinen gefühlt hundertsten Joghurt, der nach nichts schmeckt und sage mir zum gefühlt hundertsten Mal, dass ich mir unbedingt kalorienfreie Aromen bestellen muss. Wenn ich wie Pippa aussehen würde, wäre der ganze Schlamassel nicht passiert. Dann wäre ich nicht vor Ben in Tränen ausgebrochen und hätte mich benommen wie ein Vollidiot. Wer eine Figur wie Pippa Middleton hat, hat keine Ahnung von Problemen wie diesen. Alle Welt verneigt sich vor ihrem süßen Hintern, während Frauen wie ich ihren eigenen Po am liebsten unsichtbar machen würden.

Nachdenklich wandert mein Blick vom Fernseher zur Fensterbank hin und her. Dort sitzt der Uhu, den ich Huhu getauft habe. Das Päckchen muss doch ein Zeichen von Ben gewesen sein! Und wenn ich ihn direkt anrufe? Was habe ich zu verlieren? Ich will endlich wissen, was los ist – und wenn es auch nur dafür gut ist, dass ich mit der Sache abschließen kann. Warum schickt er mir solch ein süßes Geschenk und stellt sich anschließend wieder tot? Das ergibt alles überhaupt keinen Sinn. Ohne weiter darüber nachzudenken, wähle ich Bens Handynummer. Hoffentlich ist er gerade allein und kann sprechen.

„Hallo?"

„Hallo, Ben, hier ist Jussy."

„Oh, hallo!"

„Ähm, ich wollte mich nur mal melden, weil … Hast du überhaupt gerade Zeit oder passt es nicht?"

„Doch, doch, ich hab Zeit. Ich versuche aufzuräumen, das ist alles."

Mein Herz bleibt kurz stehen. Aufzuräumen? Will er sein Leben aufräumen?

„Wie? Hä?", frage ich dümmlich und könnte mich im selben Moment ohrfeigen.

„Ach, in meiner Küche stapelt sich das dreckige Geschirr und außerdem haben ein paar Kumpels bei mir übernachtet. Muss ich mal wegräumen. Wie geht es dir denn?"

„Gut", lüge ich. „Und dir?"

„Geht so. Du, ich … Es tut mir total leid, dass ich nicht geantwortet habe. Du denkst bestimmt, dass ich, ach, ich weiß nicht, wie ich das sagen soll. Bist du sauer auf mich, Jussy? Ich könnte das verstehen, aber es ist nicht so, wie du vielleicht denkst."

„Eigentlich sagen das fremdgehende Ehemänner zu ihren Frauen“, sage ich bissig.
Ich muss mich nicht noch kleiner machen und werde langsam wütend. Was stammelt der für einen Blödsinn?
„Fremdgehende Männer sagen, dass es nicht so ist, wie du denkst?“ Ben lacht kurz auf. „Stimmt, aber ich gehe nicht fremd. Ich habe ja noch nicht mal eine Frau.“
„Und eine Freundin?“, frage ich.
Ich spüre Bens Überraschung, obwohl wir uns nicht sehen.
„Ich habe doch keine Freundin, Jussy! Was denkst du denn von mir?“
„Was soll ich denn denken? Versetz dich doch mal in meine Lage. Ich zerbreche mir den Kopf und hab keine Ahnung, was überhaupt los ist. Ich mein, zuerst dachte ich ja, dass ich selbst schuld bin, weil ich mich so blöd verhalten habe bei unserem Treffen.“
„Du hast dich nicht blöd verhalten. Es liegt an mir“, sagt Ben mit fester und ernsthafter Stimme.
Vielleicht ist er schwul, das wäre dann mal wieder ein typischer Jussy-Jackpot.
„Aber der Uhu ist von dir, oder?“, frage ich.
„Ja, der ist von mir. Puh, also, das ist alles etwas schwer für mich zu erklären. Ich schäme mich dafür. Aber du sollst auch nicht denken, dass es was mit dir zu tun hat, verstehst du?“
„Nur teilweise“, gebe ich zu.
Lass ihn raus, den Haken. Ben atmet laut ein und aus, ringt scheinbar nach den passenden Worten.
„Wollen wir uns vielleicht lieber treffen? Dann können wir darüber persönlich reden“, schlägt er vor. „Ich finde das irgendwie doof, so am Telefon. Außerdem habe ich Angst, dass du auflegst.“

„Ich lege doch nicht auf! Aber klar, natürlich können wir uns treffen“, antworte ich.
„Fändest du es sehr doof, wenn ich jetzt gleich komme? Am Wochenende bin ich bei meinen Eltern und morgen hab ich keine Zeit.“
Er will es hinter sich bringen. *Mich* hinter sich bringen. Na toll.
„Wenn du willst, klar, komm. Es ist aber nicht aufgeräumt“, sage ich. In meinem Kopf überschlägt sich alles. Jetzt gleich! Oh Gott!
„Ich bin in einer guten Stunde bei dir. Ich freu mich!“
„Ja, gut, dann bis gleich. Ich freu mich auch. Tschüss!“
„Tschüss!“
Ich habe keine Zeit zu verlieren, muss mich sofort umziehen, Klamotten vom Sofa ins Schlafzimmer werfen, im Bad das Gröbste aufräumen. Meine Güte, Ben ist gleich hier, verflixt, was ziehe ich an?

12

Er ist angespannt. Unruhig bewegt er das Cola-Glas in seinen Händen hin und her, schluckt immer wieder trocken und weiß nicht, ob er meinem Blick standhalten soll oder lieber wieder zum Huhu auf der Fensterbank guckt. Dann zieht ein Lächeln über sein Gesicht. Sein Gesicht, das mir so gut gefällt. Ich spüre ein zärtliches Verlangen nach ihm, würde ihn gerne in den Arm nehmen und beruhigen. Was mit ihm los ist, weiß ich immer noch nicht, dabei sitzen wir uns schon seit zehn Minuten gegenüber und betreiben Smalltalk. Mein Äußeres habe ich gut hinbekommen, finde ich. Hoffentlich findet Ben das auch. Nichts ist alberner, als im eigenen Zuhause bei einem Überraschungsbesuch am Abend auf hohen Schuhen rumzulaufen, also bin ich in Socken, Leggins und Oversize-Sweatshirt zu bewundern. Meine Haare liegen glücklicherweise super, beim Make-up habe ich allerdings ordentlich in die Trickkiste gegriffen. Wenn es noch eine Chance für Ben und mich gibt, dann wohl nur noch heute.
Komischerweise sind die Rollen vertauscht. Ich fühle mich etwas stärker, nicht so unsicher und minderwertig. Vielleicht bin ich sogar ein wenig froh, dass Ben, den ich so vergöttert habe, auch ein Problem hat. Meine Figur-Komplexe sind schließlich nicht das einzige Problem auf der Welt.
„Du hast es echt sehr gemütlich hier, richtig schön. Schön auch für den Uhu“, sagt er lächelnd, schaut mich verlegen an. Flirtet er wieder mit mir?

„Danke. Ja, der fühlt sich hier sehr wohl. Er heißt übrigens Huhu."
Ben lacht. „Sehr gut. Huhu Huhu!"
Nachdem er Huhu zugewinkt hat, kneift er die Augen zusammen und schaut konzentriert zu Boden.
„Also, es ist so …"
„Ja?"
„Puh, gar nicht so leicht. Du denkst vielleicht, dass ich neulich so komisch wurde, weil du wegen, na … Also, als du geweint hast …"
„Wegen meines Gewichts", sage ich tapfer.
Das ist nicht der richtige Zeitpunkt für alberne Spielchen. Ben sieht richtig ernst aus und ich bekomme Angst, dass er eine tödliche Krankheit hat. Wie in einem Hollywood-Film – große Liebe kennengelernt, kurz geliebt, dann: zack, tot.
„Ja, genau. Du siehst übrigens klasse aus! Mach dir bloß wegen dieser blöden Abnehmerei nicht solch einen Kopf, Jussy. Ich hab das echt kaum bemerkt, bis du darauf zu sprechen gekommen bist. Und selbst wenn – das ist mir so was von egal. Gut, früher als ich noch jünger war, da hab ich schon drauf geachtet bei den Mädchen. Machen ja irgendwie alle so. Aber glaub mir, das geht vorüber, wenn man einmal mit einer Frau zusammen war, die den ganzen Tag Kalorien gezählt hat und nicht einmal mit Appetit essen konnte. Total zickig! Da mag ich es viel lieber, wenn jemand ein Genussmensch ist."
Ich merke, wie mir die Röte ins Gesicht steigt. An dieser Stelle wäre es wohl nicht hilfreich, wenn ich ihm von meiner Eiweiß-Diät berichte.
„Danke", sage ich schon wieder, weil mir nichts Besseres einfällt. „Aber … Was ist es dann? Du kannst es mir wirklich sagen, Ben. Ich bin die Letzte, die

wegen irgendwas kreischend weglaufen würde. Es ist nur so schade, weil wir uns doch schon super verstanden haben und …“
„Ich war im Gefängnis“, unterbricht Ben mich.
Er presst seine Lippen zusammen, schaut mir in die Augen. Ich atme einmal tief aus. Mit vielem hätte ich gerechnet, aber damit nicht. Er wirkt so bodenständig, normal. Nicht wie ein Krimineller.
„Wie lange?“
„Du willst nicht zuerst wissen, weswegen?“, fragt Ben überrascht.
„Das kommt danach“, versuche ich einen Witz, aber wir lachen beide nicht.
„Zwei Jahre und zwei Monate. Es war ein alberner Streich mit einem Freund. Wir waren Anfang 20 und hatten viel Blödsinn im Kopf. Damals hab ich zu viel getrunken, immer nur Party, Party, Party … Na ja, hat damit eigentlich auch nichts zu tun.“
Mir fällt nicht ein, was ich sagen soll, befürchte, dass er mir gleich von einem Einbruch mit Körperverletzung erzählt. Vielleicht in einer Tankstelle, um sich für eine Party mit Alkohol einzudecken. Mit einem Nicken ermuntere ich ihn zum Weitererzählen.
„Die Idee kam von mir, leider“, fährt Ben stockend fort, „dabei wusste ich, dass es verboten ist. Keine Ahnung, was ich mir dabei gedacht habe. Im Juristen-Deutsch nennt sich die Straftat *Gefährlicher Eingriff in den Luftverkehr.*“
„Um Himmels Willen“, platze ich heraus, „habt ihr etwa ein Flugzeug entführt?“
„Nein! Quatsch! Dann wären es auch mehr als zwei Jahre gewesen. Mein Kumpel und ich hatten ein gemeinsames Hobby – Modellflugbau. Wir hatten ein richtig großes Teil zusammengebastelt, also nicht so ein

kleines Ding, wie du es von früher kennst, sondern schon ziemlich mächtig. Mit Laserlicht, Fenstern … all solche Dinge. Sah ein bisschen wie ein Ufo aus. Das haben wir von der Dachterrasse meiner Eltern steigen lassen. Tja, und damit haben wir leider die Flugzeuge behindert. Dummerweise gab es genau an dem Tag einen Sondereinsatz der Polizei in der Luft, weil jemand gesucht wurde. Und wir wurden erwischt. Das war's."

„Und dafür kommt man ins Gefängnis? Ist bei eurer Aktion denn jemand zu Schaden gekommen oder warum? Das ist ja total krass!"

„Nein, Gott sei Dank nicht. Aber wir haben eben Leute bei der Arbeit beeinträchtigt. Außerdem konnte man das unbekannte Flugobjekt auch zuerst nicht identifizieren. Einige haben geglaubt, die Außerirdischen würden landen. Davon wurde sogar in den Medien berichtet. Dabei war das nur ich."

Ich kann kaum glauben, was ich höre. Ob Ben eine so blühende Phantasie hat? Aber wir unterhalten uns weiter und ich spüre, dass er mich nicht anlügt. Er schämt sich sehr, wird immer wieder rot. Dabei finde ich es gar nicht soooo schlimm. Klar, für ihn schon, aber dass er damit solch ein Problem hat und lieber den Kontakt zu mir vermeidet, erscheint mir irgendwie komisch.

„Und du dachtest, ich finde das so übel, dass ich dich nicht mehr sehen will?", frage ich ihn.

„Ach, ich weiß auch nicht. Eigentlich würde so ein Verhalten gar nicht zu dir passen, aber ich habe in den letzten Jahren einige Erlebnisse gehabt, die das Gegenteil bewiesen. Bitte versteh mich nicht falsch, Jussy, ich weiß ja, dass du nicht so sein musst wie die anderen. Aber … Ich dachte bei unserem Treffen, dass es vielleicht …"

„Hm?"
„Dass es was Ernstes mit uns werden könnte. Da bekam ich Schiss, dass du alles von mir wissen willst und ich mit der Wahrheit rausrücken muss. Und dass du dann wieder weg bist."
Erleichtert atmet Ben aus. Jetzt ist es raus. Ich bin vermutlich der glücklichste Mensch auf der Welt. Etwas Ernstes! So was hat noch nie ein Mann zu mir gesagt – immer, wenn ich das Thema zur Sprache brachte, war es auf einmal nur noch mittelmäßig ernst. Was stört mich so ein doofes Ufo?
„Es war bestimmt sehr schlimm im Gefängnis, oder? Oder sagst du *Knast* dazu? Jedenfalls habe ich damit überhaupt kein Problem. Dass man dafür so hart bestraft wird, wusste ich gar nicht. Da finde ich andere Sachen viel schlimmer. Wenn du jetzt eine alte Omi umgehauen hättest, dann wäre es vielleicht anders. Aber so? Nee, mach dir bitte deswegen keine Sorgen!"
„Das ist leider noch nicht die ganze Wahrheit. Ich hab dich etwas angeschwindelt, weil es mir peinlich ist. Du bist immer so zielstrebig, arbeitest viel, hast Erfolg. Ich komm mir vor wie ein Loser neben dir."
„Du? Neben mir? Aber du verarscht mich jetzt nicht, oder?"
„Ganz bestimmt nicht. Bei dem Thema vergeht mir das Lachen. Weißt du, wenn man in Haft ist, will man die ganze Zeit nur raus, wieder in sein altes Leben zurück. Ich hab die Tage gezählt wie Robinson Crusoe auf seiner einsamen Insel. Natürlich war ich nicht so naiv zu glauben, dass gleich alles toll läuft. Die Kündigung aus meiner alten Firma hatte ich schon vor der Verurteilung."
„Na toll."

„Ja, aber das ist normal. Niemand behält seinen Job, wenn er in den Knast wandert. Es ist auch egal, ob man unschuldig ist oder schuldig. Sein altes Leben ist man in jedem Fall los. Ohne meine Familie hätte ich das alles nicht gepackt."
„Das tut mir so leid, Ben, ich weiß gar nicht, was ich sagen soll. Hast du denn jetzt eine Arbeit oder bist du arbeitslos?"
„Nee, Gott sei Dank nicht. Ich glaube, ohne Arbeit würde ich wirklich Depressionen bekommen. Ich arbeite in der Firma meines Onkels, bin da sozusagen Mädchen für alles. Ursprünglich bin ich ja Controller, aber nach der zwanzigsten Bewerbung und nicht einer einzigen Einladung zum Vorstellungsgespräch habe ich es aufgegeben. Mich stellt keiner mehr ein nach meiner kriminellen Vergangenheit."
„Du bist doch nicht kriminell!"
„Na ja, doch, schon. Laut Lebenslauf bin ich es zumindest gewesen. Es ist auch nicht so, dass es mir jetzt keinen Spaß macht. Immerhin sitze ich jetzt nicht mehr ausschließlich im Büro, sondern nur stundenweise. Mache die Buchhaltung und solche Sachen. Aber ich fege auch den Hof oder fahre Gabelstapler."
Ich grinse ihn frech an. „Gabelstapelfahrer finde ich sexy."
Und da ist sie wieder, unsere Flirtlaune. Endlich! Ben schaut mir in die Augen, hat seinen Mund leicht geöffnet. Wenn er auf diese Art guckt, mag ich ihn am liebsten. Er wirkt sehr jungenhaft und gleichzeitig männlich. Ich spiele das Spiel mit, wir lächeln und ringen leicht nach Luft. Er setzt sich zu mir und unsere Beine berühren sich. Sein Gesicht kommt meinem immer näher. Mit der rechten Hand fasst er ganz sanft

an meinen Hals und bewegt meinen silbernen Kettenanhänger zwischen seinen Fingern. Vor Aufregung kann ich kaum noch atmen. Ben betrachtet das Kleeblatt an meiner Kette und schmunzelt.
„Wieso hat es denn nur drei Blätter?“, flüstert er, während seine Lippen sich meinen immer weiter nähern.
„Vielleicht, weil ich ein bisschen anders bin als andere“, sage ich leise.
„Du bist ganz anders, Jussy. Viel besser als alle anderen.“
Er lässt die Kette los und wandert mit seiner Hand von meinem Dekolleté zum Nacken, streichelt mich zart. Wie behutsam er ist; ich habe noch nie zuvor einen so zärtlichen Mann erlebt. Und dann küsst er mich. Ich schließe die Augen und genieße das Gefühl seiner warmen, weichen Lippen, spüre seine Zunge und Hände, die mich liebkosen.
Wir küssen uns, als hätten wir nie etwas anderes getan. Ich berühre seinen Rücken, der muskulös und warm unter meinen Händen liegt, gleite mit dem Körper nach hinten und Ben folgt mir, ohne sich von mir zu lösen. Zwischendurch murmelt er erregt meinen Namen. Ich spüre, dass er sich zurückhält und unterdrücke den Gedanken, dass es auch so gut ist – ich trage keine sexy Unterwäsche, sondern meinen Bauch-weg-Body. Bridget Jones lässt grüßen. Nein, jetzt will ich an gar nichts denken, außer an das herrliche Gefühl von Ben, der auf mir liegt und mich über und über mit Küssen bedeckt.

***

Vom Fenster aus schaue ich hinunter zu Ben, der in sein Auto steigt. Suchend blickt er nach oben, aber ich Idiotin habe vergessen das Licht anzumachen. So kann er mich nicht sehen, als ich ihm zuwinke. Ich greife nach meinem Huhu und drücke ihn vor Glück fast platt. Hinter mir liegen die vermutlich schönsten vier Stunden meines Lebens und wenn ich mir überlege, dass das Ganze *noch* schöner werden kann, drehe ich vor Begeisterung fast durch. Es fühlt sich an, als hätte ich seit Jahren auf Bens Berührungen gewartet. Alles in mir schreit vor Verlangen und Sehnsucht nach ihm, ich bin verliebt in jede einzelne seiner Gesten, Worte und Handgriffe. Ben besitzt genau die richtige Mischung aus Witz und Ernsthaftigkeit, die ich vorher bei keinem anderen Mann entdecken konnte.

Wenn man Frauen fragt, was sie besonders sexy an einem Mann finden, geben nahezu alle zur Antwort, dass der Humor ganz vorne ansteht. Wieso spricht sich das nicht bis zu den meisten Männern herum? Klar, sie können lachen – aber am liebsten über ihre eigenen Witze. Sie sprechen von sich, in einer Tour. Sobald sie sich öffnen, können viele Typen wie ein Wasserfall blubbern. Darüber, was ihre Arbeit ihnen bedeutet und welchen Stellenwert der Sport in ihrem Leben hat (einen hohen natürlich). Mit stockender Stimme berichten sie von den Spätfolgen als Scheidungskind und wie das ihr jetziges Beziehungsleben beeinflusst (negativ natürlich). Und nie fehlt die eine große Liebe, die ihnen das Herz gebrochen hat und dass ihnen so was nie wieder passiert.

Wir Frauen trösten sie, hören zu, finden es toll, wenn sie aus sich rauskommen und ihr Herz sprechen lassen. Aber sobald der Zeitpunkt gekommen ist, dass wir selbst unser Innerstes nach außen kehren,

beschwichtigen diese Männer uns. Wollen lieber fernsehen oder ins Kino gehen. Es interessiert sie schlicht nicht, was wir zu sagen haben.
Ben jedoch hört mir zu. Zwar haben wir heute Abend wenig gesprochen, aber er schien bisher immer ehrlich wissen zu wollen, was mich bewegt – und das nicht nur, um mich rumzukriegen. Hoffe ich zumindest. Habe ich endlich das große Los gezogen? Ich wünsche es mir so sehr.
Mein Magen hängt auf halb acht. Ich brauche noch Proteine, so sieht es mein Diät-Plan zumindest vor. Mitten in der Nacht zu essen, hört sich so gar nicht nach Abnahme an, aber ich will jetzt unbedingt noch ein paar Kilo runterbekommen. Auch wenn es paradox klingt, aber jetzt bin ich so kurz vorm Ziel, da will ich es nicht riskieren, dass Ben mich vielleicht doch zu dick findet. Sie halten mich ganz bestimmt für verrückt, oder? Vermutlich bin ich es auch. Aber eben, als Ben und ich rumknutschten, da hat er nur wenig von meinen Speckpolstern bemerkt. Doch was soll ich tun, wenn wir uns ausziehen? So viel Bauch kann man gar nicht einziehen, das ist unmöglich! Ich fürchte mich sehr davor, dass er es ekelhaft finden könnte, wenn er sehen und spüren kann, wie speckig ich wirklich bin. Bisher gab es mich für ihn nur verpackt, aber bald werde ich nackt sein. Einerseits hätte ich ihn am liebsten schon heute zum Bleiben überredet, andererseits bin ich heilfroh, dass ich noch eine Gnadenfrist habe, um so viel wie möglich abzunehmen. Ja, ich bin verrückt – Sie haben ja recht.
Während meine beschichtete Jamie-Oliver-Pfanne vorglüht – ohne Öl, sondern mit Mineralwasser, versteht sich – rühre ich mir Magerquark, Joghurt, Knoblauch und Cayennepfeffer zusammen. Dann

kommt ein Ei in die Pfanne und ich muss höllisch aufpassen, dass das Spiegelei nicht anbrennt. Am besten wäre es, wenn ich jetzt noch Fisch oder Fleisch verdrücken würde, aber das bekomme ich nicht mehr runter. Vielleicht sollte ich mir einen Tischgrill zulegen, dann kann ich fettfrei brutzeln und muss außerdem nicht ständig Jamies Pfanne gefährden.
Nach dem köstlichsten Spiegelei meines Lebens gehe ich ins Bett und träume von Ben und Frau Welts Hunden. In meinem Traum bin ich schlank und begehrenswert. Ben liebt es, mich zu umarmen. Er schlingt seine Arme von hinten um mich, während ich in der Küche Kräuter hacke. Er fasst mir an die Hüfte, wenn ich aus der Dusche steige. Ich bin leicht und glücklich.

13

Vier Kilo! Vier Kilo Abnahme in acht Tagen! Ich passe wieder in meine alte Lieblingsjeans, auch wenn sie noch kneift. Diese Diät ist super, auch wenn sie mir nicht schmeckt. Aber ich nehme ab, nur das zählt. Vielleicht beende ich sie bald, muss dann aber höllisch aufpassen, um das Gewicht zu halten. Trotzdem darf ich dann immerhin mal wieder etwas Brot und Nudeln essen. Aber noch nicht, ich will unbedingt noch vier weitere Kilo abnehmen. Low Carb ist toll; wieso habe ich das nur früher nicht geglaubt!

Mit jedem schwindenden Kilo steigt mein Selbstvertrauen. Ich betrachte mich wieder im Spiegel, zumindest im angezogenen Zustand. Das Leben fühlt sich einfach schöner an, wenn man sich nicht unattraktiv und schwach fühlt. Es ist doch so: Schlanke Menschen glauben, dass Übergewichtige Schwächlinge sind. Wenn die wüssten, wie stark wir sind! Ich kenne keinen Naturschlanken, der diese Diät durchhalten würde. Das schaffen nur Dicke, ganz nach dem Prinzip *Alles oder nichts*. Ich wundere mich immer wieder über mich selbst. Sonst kann ich kein *Perfektes Dinner* anschauen, ohne dabei heftigste Hungerattacken zu entwickeln – in Diätzeiten hingegen gucke ich mir die Sendung täglich an und freue mich über neue Ideen zum Braten, Kochen und Dünsten.

Eine 8 vorne auf der Waage stehen zu haben, bedeutet, dass man eindeutig Uhu ist. Weit weg von der 100, je weiter, desto besser. Ich werde die kleinste Größe in

der Übergrößen-Boutique benötigen. Und ich werde mich noch wohler fühlen, wenn ich in Bens Armen liege.
Draußen erwarten mich frühlingshafte Temperaturen und ich seufze glücklich. Letztes Jahr um diese Zeit hat das Rausgehen keinen großen Spaß gemacht. Während andere Frauen ihre Jacken öffneten und man freie Sicht auf schmale Hüften und breite Gürtel hatte, war zwar auch meine Jacke offen – wie fast immer – aber lange Schals und weite Oberteile verbargen meine Rettungsringe. Einen Gürtel und schmale Hüften kann man bei mir noch lange nicht erkennen. Vielleicht wird man das auch nie können, aber ich habe mich in ein leichtes, dunkelblaues Strickkleid samt Cardigan, blickdichter Strumpfhose und Boots gewagt. Dass ich darüber einen Blazer trage, ist klar, weil ich eher tot umfallen würde, als meine Rückansicht ungeschützt der ganzen Welt zu zeigen.
Ich sitze gerade im Auto, als mein Handy piept.
Süße, bist du schon losgefahren? Ich freu mich auf dich!
Ben, hach! Heute werde ich ihn das erste Mal besuchen. Bisher war er immer bei mir; insgesamt drei Mal. Gott sei Dank hat er nicht den dämlichsten Spruch aller Zeiten gebracht: *Wir wollen es langsam angehen lassen.* Warum sollte man etwas langsam angehen lassen, wenn es doch keine schönere Zeit im Leben gibt, als die der ersten verliebten Phase? Allerdings kann ich mir nicht vorstellen, dass ich jemals nicht mehr so verliebt in Ben sein sollte. Er ist schon beinahe unheimlich perfekt. Ich simse Ben meine Antwort:
Fahre jetzt los. Freu mich auch und bin etwas aufgeregt!
Ben ist genau solch ein Schnellschreiber wie ich. Kaum, dass ich losgeschickt und den Zündschlüssel umgedreht habe, kommt schon eine neue SMS.

Aufgeregt ist gut …
Grinsend mache ich mich auf den Weg nach Bremen. Das Knistern zwischen uns ist inzwischen ständig spürbar. Wir wissen beide, dass es heute soweit sein wird und wir zum ersten Mal miteinander schlafen werden. Außerdem übernachte ich komplett bei Ben. In meiner Reisetasche befindet sich ein nagelneues Nachthemd, nach dem ich stundenlang im Internet gesucht habe. Es sollte nicht zu peinlich aufreizend sein, aber auch nicht gerade Teddybären-Applikationen haben. Vermutlich ziehe ich es ohnehin nicht an, aber für den Fall der Fälle ist es besser, gewappnet zu sein.
Viel schlimmer ist ohnehin die Wahl der Unterwäsche gewesen. Was gibt es Schlimmeres für eine mollige Frau, als sich in erotischen Dessous präsentieren zu wollen, aber vorher unterm Strickkleid keine Kaschiermöglichkeiten zu haben? Ich habe ein wirklich tolles champagnerfarbenes Satin-Set aus BH und Slip gefunden, das sexy ist, aber trotzdem nicht ordinär. Man will den Mann ja auch nicht erschrecken. Wenn er mich allerdings jetzt sehen würde, wäre das mehr als peinlich. Wegen des Kleids blieb mir gar nichts anderes übrig, als einen Liebestöter über den knappen Slip zu ziehen. Ich muss das Ding unbedingt loswerden, *bevor* es zur Sache geht, aber *nachdem* er mich komplett begutachtet hat. Das wird schwierig, denn wo soll ich bloß mit der Miederhose in seinem Bad hin? Es wäre etwas lächerlich, wenn ich mit Handtasche aufs Klo renne. Obwohl … Doch, das werde ich tun.
Bens Wohnung befindet sich in einer ruhigen Straße, ziemlich weit von der schönen Bremer Innenstadt entfernt. Ohne Auto ist man hier vermutlich genauso aufgeschmissen wie bei mir. Ben hat mir bereits erzählt, dass er im ersten Stock eines Einfamilienhauses wohnt.

Der Vermieter ist ein betagter Witwer, dem sein Haus für sich allein zu groß geworden ist. Dafür, dass Ben nur 300 Euro Miete für seine großen drei Zimmer mit Küche und Bad bezahlen muss, muss er im Gegenzug für seinen Vermieter einkaufen und ihn hin und wieder ein bisschen durch die Gegend kutschieren.
Ich parke neben dem Bürgersteig und zupfe unruhig an meinen Klamotten. Es ist doch anders, wenn man das erste Mal zu ihm fährt, dabei muss ich immerhin keine Eltern begrüßen oder anderen Verwandten freundlich die Hand schütteln. Das habe ich früher immer gehasst, wenn ich meinen Freund besuchte, der noch bei Mami wohnte.
Mit der Linken trage ich die Reisetasche, mit rechts öffne ich die hölzerne Gartenpforte. Jägerzaun, schießt es mir durch den Kopf. Die Fenster des Vermieters im Erdgeschoss sind mit altmodischen Spitzengardinen bestückt. Auf den Fensterbänken stehen in weiß-goldenen Übertöpfen Geranien und Usambaraveilchen. Alles an diesem rot verklinkerten Haus erinnert mich an meine Großeltern, bei denen ich als Kind oft stundenlang vor der Haustür Gummitwist gespielt habe oder mich einfach nur langweilte. Ob die Kinder von heute sich auch noch so langweilen wie wir früher? Heute kann man sich permanent mit Handy und Internet ablenken. Ich weiß nicht, was ich besser finden soll, auch wenn alle Leute immer behaupten, dass früher alles besser war.
Ben von Holthausen steht auf dem oberen Klingelknopf. Er hat eine schöne Handschrift. Ich drücke auf die Klingel und ein lautes Rasselgeräusch ertönt. Mit schnellen Schritten poltert Ben die Treppe hinunter und öffnet die Tür. Mein süßer Ben strahlt über das ganze Gesicht. Kein Zweifel – er ist genauso verliebt wie ich.

Das kann man nicht spielen. Ich beiße mir schüchtern lächelnd auf die Unterlippe. Ja, ich weiß, das ist kokett, aber ein bisschen Show darf ich auch mal machen. Ben nimmt meine Tasche und stellt sie neben sich ab.
„Hey! Hast du gut hergefunden?“, sagt er und vergräbt seine Hände in meinen Haaren. Gut, dass ich kein Haarspray benutzt habe.
„Hm, klar. Du wohnst ja ganz schön weit draußen, aber es ist schön hier. So ruhig. Bist du alleine?“
„Keine Ahnung, ob Herr Wedemeyer hier ist, aber das muss nichts heißen. Den hört man kaum. Komm her, meine Süße … Toll siehst du aus.“
Er gibt mir einen langen, zärtlichen Kuss und ich schmelze schon wieder dahin. Seine Hand fährt an meinem Rücken zum Po hinunter. Ich muss ganz bald den Riesenschlüpper loswerden, unbedingt! Mein Körper will zu Ben und so stehen wir knutschend an der spießigen Eingangstür, bis ich mich sanft löse.
„Wenn wir jetzt die Wohnungsbesichtigung vornehmen könnten?“, frage ich in gespielt wichtigem Tonfall.
„Sehr gerne, junge Frau. Bitte, wenn Sie vorgehen möchten?“
Ben hat gar keine Zeit, meinen Po ausgiebig zu begutachten, denn ich habe noch nicht mal drei Stufen geschafft, da klebt er bereits von hinten an mir und schiebt mich lachend und Küsse am Nacken verteilend nach oben. Wenn er in diesem Tempo weitermacht, werde ich mich zuvor auf die Toilette verdrücken müssen. Wir albern uns die mit grünem Teppich belegte Treppe hinauf und landen in einem engen Vorflur, in dem bestimmt dreißig Paar Schuhe stehen.
„Haben Sie einen Schuhfetisch?“, frage ich kichernd, während Ben mich nach rechts in seine Wohnung bugsiert.

„Ich habe einen ganz anderen Fetisch", raunt Ben mir ins Ohr, knabbert daran und lässt mich wohlig aufseufzen.
„Bevor wir darauf näher eingehen, kann ich einmal kurz zur Toilette?"
„Klar, linke Tür."
Ich drehe mich zu ihm um und gebe ihm einen langen Kuss. Schnell husche ich ins Bad, wo ich endlich meinen Bauch-weg-Slip loswerden kann. Atemlos setze ich mich aufs Klo. Ich befinde mich im Mini-Bad, das nur aus Dusche, Toilette und einem Waschbecken besteht. Lediglich ein kleiner Schrank passt hier noch rein. Auf der Ablage vorm Spiegel türmen sich Bens Rasierwasser und Shampoos. Schicke Handtücher hat er – allesamt mit grün-blauen Paisley-Mustern versehen. Hoffentlich steht er jetzt nicht vor der Tür. Ich hasse es, wenn mir jemand dabei zuhört, wie ich auf dem Pott sitze! Erleichtert schäle ich mich aus dem überflüssigen Kleidungsstück und stopfe es in meine Handtasche. Am liebsten würde ich es aus dem Fenster werfen, aber dann würden alle Leute denken, dass Herr Wedemeyer eine dralle Freundin hat.
In meinem Kleid ohne schützende Verpackung darunter fühle ich mich nicht besonders sicher, aber vermutlich ist das zu diesem Zeitpunkt mehr als unwichtig. Als ich das Badezimmer verlasse, bin ich alleine.
„Ben?"
„Hier in der Küche!", höre ich seine Stimme vom Ende des Flurs.
Meine Reisetasche steht unter der Garderobe. Mutig ziehe ich meine Jacke aus und hänge sie an einen Haken. Nie waren meine Problemzonen deutlicher zu sehen. Die Schuhe lasse ich lieber erst einmal an. Wie

sieht das sonst aus? Neugierig gehe ich ein paar Schritte, vorbei an der Küche … Hä? Ich schaue nach links in auf die roten Küchenschränke und den PVC-Boden in Parkett-Optik, aber Ben ist nicht dort.
„Hast du zwei Küchen?“, sage ich laut in den Flur.
„So ähnlich. Nun komm endlich, mein süßer Fetisch!“
Ich betrete Bens Schlafzimmer. Es ist mit schlichten weißen Möbeln eingerichtet. Großes Bett, Kleiderschrank, ein Nachttisch und ein Sessel. Vorm Fenster hängen graue Schiebevorhänge, der Fußboden ist mit grauem Veloursteppich ausgelegt. Ich fühle mich wohl. Kein Mädchenzimmer, sondern ein aufgeräumter Junggesellenhaushalt ohne zu viel Schnickschnack, aber auch nicht zu stylisch.
Ben steht mitten im Raum und hält zwei gefüllte Sektgläser in der Hand. Mit leicht zitternder Hand greife ich nach einem.
„Wow!“
Ich beiße mir auf die Zunge. Fast hätte ich gesagt: *Machst du das immer so?* Aber glücklicherweise kann ich mir diesen blöden Spruch verkneifen. Dass ich auch immer so schrecklich zynische Gedankengänge haben muss!
„Ich bin so froh, dass du endlich hier bist, Jussy. Das hört sich vielleicht blöd an, aber für mich ist es irgendwie ein Zeichen, dass du extra hierhergekommen bist.“
Wir trinken beide einen Schluck.
„Aber du bist doch bisher auch immer zu mir gekommen. Hast du etwa befürchtet, ich mach einen Rückzieher?“, frage ich.
„Nee, eigentlich nicht. Ach, ist auch egal, ich freu mich einfach so. Du hier, eine ganze Nacht mit dir. Rrrrrrrr!“

Ich glaube, ich kann jetzt mal mit meinem Schulmädchengetue aufhören. Ben hat oft genug den Anfang gemacht, heute bin ich dran. Langsam nehme ich ihm sein Glas ab und stelle beide Getränke auf die Fensterbank. Ich fahre mit meinen Händen unter Bens Shirt und spüre seine warme Haut. Vor Erregung ringt er leise nach Atem. Wir küssen uns, ich schiebe mich ganz fest an ihn und möchte, dass er mich spürt.
„Ben, ich will dich. Ich will dich ganz."
„Oh, Jussy, was machst du nur mit mir?"
Besoffen vor Glück landen wir auf seinem Bett und ich verliere keinen einzigen Gedanken an meinen Hüftspeck. Nicht einen.

***

Durch die Ritzen der Vorhänge schiebt sich das Sonnenlicht ins Zimmer. Ich öffne meine Augen einen Spalt und bleibe regungslos in Bens Arm liegen. Sein rechter Arm liegt unter meinem Nacken, ich liege auf der Seite und habe meine Arme vor mich geklemmt. Alte Angewohnheit, damit mein Bauch nicht schwabbelig vor mir rumliegt. Oh Gott, ich bin ja komplett nackt. Natürlich bin ich komplett nackt, wir hatten ja auch die halbe Nacht lang göttlichen Sex. Es wäre wirklich prima, wenn ich jetzt mein tolles Nachthemd tragen würde, denn ich muss mal. Wenn ich mich jetzt aus Bens Umarmung löse, wird er bestimmt wach und kann genau dabei zusehen, wie ich aus dem Schlafzimmer schleiche. Mist!
In Hollywood-Filmen sieht es immer so lässig aus, wenn die Schauspieler sich ein Laken greifen und es locker um ihren Körper wickeln. Das wäre ein echter Grund, um nach Amerika auszuwandern. Man hätte

immer ein Betttuch griffbereit und käme nicht in diese peinliche Situation. Die schwere Decke aus dem Bett zu wuchten, scheidet leider aus. Auch mein Strickkleid kann ich schlecht anziehen. Immerhin müsste meine Tasche noch im Flur stehen. Da muss ich hin rauschen und dann schnell ab ins Bad. Ich könnte mir dann auch gleich das Nachthemd anziehen. Oder besser Slip und T-Shirt? Ja, das ist besser, so mache ich es.
Entzückt betrachte ich Bens schlafendes Gesicht. Seine Wimpern sind schön dicht und lang. Vorsichtig streiche ich ihm eine blonde Haarsträhne aus dem Auge. Ich würde ihn am liebsten schon wieder streicheln, seine gebräunte Brust berühren. Ob er ins Solarium geht? Sieht eigentlich nicht so aus, passt auch nicht zu ihm, aber warum sieht er nur so verdammt gut aus? Ganz bestimmt sehe ich gerade nicht annähernd so göttlich aus wie er. Ich muss jetzt dringend wohin. Konzentriert winde ich mich aus dem Bett. Bitte, schlaf weiter, nur noch zwei oder drei Minuten!
Wie eine Katze – oder besser wie ein dicker Kater – stehle ich mich mit schnellen Schritten zur Tür.
„Guten Morgen, Süße!“, höre ich von hinten Bens verschlafene Stimme. Ich liebe es, wenn er mich *Süße* nennt.
„Guten Morgen“, sage ich und versuche so natürlich wie möglich zu wirken, während ich halb zu ihm umgedreht meinen Körper im Türrahmen verstecke. „Ich geh nur kurz ins Bad.“
„Aber dann musst du wieder zu mir kommen!“, brummt er wie ein kleines Kind.
„Na klar.“
Puh, geschafft. Schnell die Reisetasche geschnappt und ab ins Badezimmer. Himmel, wie sehe ich denn aus? Ich muss ganz dringend ein paar Korrekturen

vornehmen. Nicht schminken, aber zumindest Zähne putzen, die Haare etwas in Form bringen und Deo benutzen. In Windeseile mache ich mich soweit zurecht, dass ich zwar noch wie ein normaler Mensch nach dem Aufwachen aussehe, aber nicht mehr wie die normale Jussy nach dem Aufstehen. Das ist ein großer Unterschied – können Sie mir glauben! Schnell schlüpfe ich in einen frischen Slip und mein Mickey-Mouse-T-Shirt und pese zurück ins Schlafzimmer.
Ben hat sich auf seine Unterarme gestützt und erwartet mich lächelnd.
„Naaaa?"
„Naaaa", antworte ich und krabble zu ihm unter die Decke.
„Das ist unfair, du hast dir die Zähne geputzt", sagt er und drückt mich sanft ins Kissen.
Er beugt sich über mich, schaut mich zärtlich an.
„Männer dürfen das", sage ich.
„Was dürfen Männer?"
„Nach dem Aufwachen küssen, ohne sich die Zähne vorher geputzt zu haben."
„Frauen dürfen das auch", sagt Ben und schiebt mein T-Shirt hoch. „Sie dürfen sich allerdings nicht still und heimlich anziehen, bevor es ihnen der Herr des Hauses nicht erlaubt hat."
„Soso", flüstere ich und schließe die Augen.
Vor mir liegt der zweite schönste Tag meines Lebens.

14

„Dass ausgerechnet du dich für einen Mann verbiegst, ist mal wieder so richtig typisch Frau. Es ist doch immer so – wer die größten Sprüche klopft, ist am Ende derjenige, der am wenigsten danach lebt. Und was hast du nicht alles gepredigt, Jussy! Du wolltest nur noch einen Freund in dein Leben lassen, der dich so liebt, wie du bist! Weißt du noch? Über meine Wohnung rümpfst du die Nase, weil das angeblich alles überhaupt nicht mein Geschmack ist, sondern Christians. Aber du bist kein Stück besser. Du nimmst doch nur für Ben ab!"
Meine Schwester redet auf mich ein. Eigentlich wollte Maxi mir beim Shoppen als Beraterin helfen, aber ich bereue es schon jetzt, sie mitgenommen zu haben. Ich finde es ein bisschen schade, dass meine eigene Schwester auf mein Glück neidisch zu sein scheint. Oder war ich etwa auch so? Hm.
„Du weißt genau, dass ich mit der Diät angefangen habe, bevor ich mit Ben zusammengekommen bin. Ich nehme für *mich* ab. Ben stören meine Pfunde nicht. Ihn stört ehrlich gesagt die Diät viel mehr. Ich überlege sowieso, ob ich das Programm für mich abwandle. Weiterhin wenig Kohlenhydrate, aber hin und wieder mal Obst und Nudeln. Ich vermisse Nudeln so", seufze ich.
Wir biegen ab, um zu meiner Lieblingsboutique zu gelangen. Dort gibt es tolle Klamotten ab Größe 42, die nicht omahaft oder wie aus der Campingabteilung

aussehen. Leider ist das meiste allerdings sehr teuer. Egal, ich muss mich belohnen. Ich passe wieder locker in Größe 46, manchmal sogar in 44. Was für schlanke Frauen das absolute Grauen bedeutet, ist für mich das größte Glück.

„Ben sagt nur, dass ihn die Pfunde nicht stören, weil du sie nicht mehr hast. Wenn du jetzt wieder fünfzehn Kilo mehr wiegen würdest, wäre er vielleicht nicht mehr ganz so begeistert von dir", ätzt Maxi.

„Ich hoffe, du hast deine Tage. Oder warum redest du solch einen Scheiß? Ich finde das ehrlich total bescheuert von dir!"

„Ja, ja, schon gut. Trotzdem. Du verbiegst dich auch. Jede Frau macht das und zwar ausnahmslos."

„Ich nehme für mich ab, begreif das endlich!"

So langsam werde ich wirklich sauer. Was will sie eigentlich von mir? Wieso kann sich selbst Marie mehr mit mir freuen als meine eigene Schwester, die doch genau weiß, was für ein lebenslanger Kampf dieses schreckliche Thema bedeutet. Entnervt drücke ich die Tür des Ladens auf.

„Los, komm jetzt. Ich brauch mindestens eine Hose, zwei Oberteile und eine Jacke."

Die folgende Stunde verläuft harmonischer, ich schlucke meine Enttäuschung hinunter. Mit meinem Gewichtsthema bin ich scheinbar ziemlich allein. Ich probiere bestimmt dreißig verschiedene Teile an, bis ich mich für Klamotten im Wert von 500 Euro entscheide. Dafür werde ich jetzt ziemlich hart arbeiten müssen, aber es muss sein. Ich fühle mich viel wohler, seitdem ich wieder ganz normal aussehe und nicht durch meine üppigen Formen aus der Masse heraussteche. Ich will ja gar nicht die Schönste sein, ich will einfach nicht mehr die Dickste sein!

Später bei mir zu Hause setzen Maxi und ich bei Haferkleie-Keksen und Kaffee unsere Grundsatzdiskussion fort. Ich wehre mich entschieden dagegen, dass ich mich für Ben verbiege. Das Problem liegt bei mir, nicht bei ihm. Noch nicht einmal hat er gesagt, dass er mich schlanker lieber hat als breiter. Maxi sieht das anders. Wer weiß, wie ihr Fucker drauf ist.
Egal, ob ich 60 oder 120 Kilo wiege – ich bin immer derselbe Mensch. Nur die Hülle ist anders. Wie gerne wäre ich eine Person, die zu ihrem Körper stehen kann! Ich bewundere Leute, die weit von der Norm abweichen und dennoch – oder gerade deshalb – vor Selbstbewusstsein nur so strotzen. Überall bin ich selbstbewusst, aber beim Thema Gewicht fühle ich mich schutzlos und nackt. Da kann ich mir noch so oft sagen, dass das oberflächlich gedacht ist und andere Leute mich um meiner selbst Willen mögen; ich mag mich trotzdem nicht leiden, wenn ich über 100 Kilo wiege.

***

**Liebe Freunde des geteilten Glücks!*
Nur wer das Glück verschenkt, hat Glück.
Singt Peter Maffay. Nicht, dass ihr jetzt denkt, ich begeistere mich seit Neuestem für halbnackte Männer in Lederweste. Ich habe lediglich gerade babygesittet und mit meinen kleinen, vierjährigen Freund Tabaluga gehört.
Nur wenn du frei heraus verschenkst, was dir selber wertvoll wär, doch ein andrer braucht es mehr. Und dabei nicht an Vorteil denkst, bist du deinem Glück schon nah.
Das gibt mir zu denken. Klar, wir alle freuen uns, wenn wir etwas verschenken und das Gegenüber zeigt sich begeistert. Aber

macht es tatsächlich noch glücklicher, wenn wir etwas verschenken, an dem wir wirklich richtig dolle selbst hängen? Oder geht es nur um immaterielle Dinge? Welche wären das?
Fragen über Fragen. Ich kann doch nicht etwas Immaterielles verschenken, an dem ich selbst hänge und das mir wertvoll ist. (By the way: Möchte jemand meine überflüssigen Kilos haben? Gäbe ich gerne her und es machte mich glücklich!)
Wie ich es auch drehe und wende, ich lande immer wieder bei normalen Gütern. Ich werde das Drachen-Experiment starten und will gucken, ob es mich glücklich macht. Meine Retro-Müslischale gebe ich schon mal nicht her, das ist meine! Für die Lederjacke aus Hamburg habe ich ein halbes Jahr lang gespart. Ich könnte ein Paar Ohrringe rausrücken, meine ersten genau genommen. Ich weiß noch genau, wie ich geheult habe, als in der dritten Klasse irgendein Arschloch daran gezogen hat und ich danach zum Arzt musste, weil mein Ohrläppchen wie das eines gepiercten Urwaldbewohners aussah.
Nun weiß ich nur immer noch nicht, wen ich mit den Marienkäferohrringen glücklich machen könnte. Ideen bitte zu mir!
*Glückliche Grüße von Jazz**

Da hab ich aber mal wieder fein gelogen. Ich will meine Marienkäferohrringe überhaupt nicht verschenken. Bestimmt bekomme ich gleich massenhaft Bettel-Kommentare.
Manchmal blogge ich nur, damit ich nervige Textaufträge vor mir herschieben kann. Zweitausend Wörter zum Thema *Natürliche Hausmittel gegen Verstopfung* soll ich mir aus den Fingern saugen. Natürlich habe ich wie immer keine Ahnung davon, denn wenn ich Verstopfung habe, gehe ich zur Apotheke und besorge mir Abführmittel. Doktor Google hilft mir, ich tauche tief ein in die Welt von

Sauerkrautsaft, Flohsamen und Rizinusöl. *Denken Sie daran, jeden Morgen nach dem Aufstehen ein Glas warmes Wasser zu trinken.*
Meine Gedanken wandern von der Kloschüssel zu einem anderen Problem. Ganz anders als Maxi es nämlich vermutet, will Ben mich tatsächlich etwas beeinflussen – nämlich in die entgegengesetzte Richtung. Er will mich nicht schlank, sondern dick! Gut, so direkt kann man das auch nicht behaupten, aber er weiß ja gar nicht, was er da von mir verlangt! Er möchte gerne mit mir normal frühstücken, mir mal eine Pizza mitbringen, sagt er. Ja, verdammt, das würde ich wirklich auch sehr gerne tun! Inzwischen bin ich ja sogar so weit, dass ich mir aus Thunfisch einen Pizzaboden backe! Normal ist das alles nicht mehr. Aber ich habe solche Angst wieder zuzunehmen, bevor ich überhaupt mein Wunschgewicht erreicht habe.
Einerseits bin ich davon begeistert, dass Ben *mich* liebt und nicht meine Hülle. Andererseits nervt es mich, dass ich mich rechtfertigen muss. Ich will doch einfach nur noch ein bisschen abnehmen. Alle Frauen machen das, warum darf ich nicht? Heute Abend will Ben mich um 19 Uhr abholen, eine Überraschung hat er angekündigt. Mir schwant Böses. Ich will nichts Unvernünftiges essen!
Ich liebe das Kribbeln im Bauch, bevor wir uns sehen. Wieder einmal mache ich mich hübsch für meinen Freund. So viele Jahre habe ich dieses Gefühl nicht erlebt – jetzt ist es doppelt schön. Bens Blicke, seine Berührungen … Ich kann gar nicht genug davon bekommen, wenn er seine Hand an meinem Rücken hinunterbewegt und am Hosenbund einhakt. Ganz locker, so als sei es Zufall. Er ist zwar kein Macho-Typ, aber trotzdem so herrlich männlich in seinen

Bewegungen und manchmal fordernden Küssen. Als es an der Tür klingelt und ich die Gegensprechanlage betätige, sagt er, dass er unten auf mich wartet, ich solle bitte kommen.
Schnell rase ich nach unten, falle ihm in die Arme. Es hat was vom Kitschfilm, aber hey: Mit Ben *ist* es ja auch wie im Film! Wir stehen knutschend genau vor der Eingangstür und bekommen leider überhaupt nicht mit, wie die blöde Hilde Petschulke aus dem zweiten Stock ins Haus will. Hilde Petschulke ist wirklich das ätzendste Weib, das ich je gesehen habe. Im Haus nennen wir sie nur *Die wilde Hilde*. Besonders Maries Mann Micha streitet sich mindestens einmal in der Woche mit der wilden Hilde – schön laut, damit auch alle Leute etwas davon haben.
Die wilde Hilde ist etwa 55 Jahre alt und offensichtlich ein Menschenhasser. Ihre eigenen Kinder hat sie vergrault; jedenfalls habe ich noch nie erlebt, dass sie ihre Mutter besucht haben. Dass überhaupt ein Mann jemals freiwillig mit ihr Kinder gezeugt hat, kann ich mir nur schwer vorstellen. Sie ist mega-schlank, ich vermute mal, dass sie sportsüchtig ist. Von hinten sieht sie gar nicht schlecht aus, jünger als sie ist, auf jeden Fall. Ihre Haare sind lockig, lang und schwarz. Gefärbt, meint Marie. Meistens läuft sie in neonfarbenen Sportklamotten rum – völlig unpassend in ihrem Alter! Ihr Lieblingsdress besteht aus engen, grünen Radlerleggins, dazu einem pinkfarbenen Bustier. Ihre Haare bändigt sie meistens mit einem weißen Stirnband. Willkommen in den Achtzigern! Vielleicht war sie ja damals ein heißer Feger, aber heute ist sie einfach nur schrecklich. Sie kann nur brüllen, leise ist bei ihr nicht vorgesehen. Und sie hasst faule, dicke Frauen. Allein das ist ein Grund, sie noch mehr zu verabscheuen.

„Muss das hier direkt vor der Tür sein?“, keift die wilde Hilde urplötzlich hinter mir.
Erschrocken unterbrechen Ben und ich unseren Kuss. Huch!
„Entschuldigung“, sagt Ben höflich. Er kann ja nicht wissen, dass die wilde Hilde einen Sprung in der Schüssel hat.
Wir treten zur Seite, damit die Petschulke an uns vorbeiziehen kann. Tut sie aber nicht. Sie brüllt uns an:
„Mit einer scheinheiligen Entschuldigung ist es nicht getan! Sie haben mich zu Tode erschreckt mit ihrer Porno-Vorstellung hier! Nur Verrückte in diesem Haus, ich werde noch bekloppt!“
Bens Augen werden rund wie Euro-Münzen.
„Na, entschuldigen Sie mal bitte!“, sagt er und will weitersprechen.
Aber die wilde Hilde ist in Fahrt. Ich kenne das schon, zupfe Ben am Ärmel.
„Lass mal, die ist total durchgeknallt.“
„Das habe ich gehört, Sie übergewichtiges Miststück!“, geifert sie und wendet sich Ben zu. „Sie sollten sich gut überlegen, ob Sie sich das antun mit der da. Die hat ja jeden Monat einen anderen!“
Ich muss lachen. Schön wär's! Wie kommt die Olle auf den Blödsinn? Hinter uns tritt Micha auf die Straße. Klar, wenn er die wilde Hilde hört, ist er nie weit.
„Frau Petschulke, wenn ich mal kurz unterbrechen darf! Seien Sie gefälligst leise, unsere Kinder können nicht einschlafen, wenn Sie hier so rumkrakeelen!“, schimpft Micha.
Ben schaut irritiert von einem zum anderen. Das sieht ja auch alles zu witzig aus. Micha in seiner Bundeswehrtarnhose, in Socken und mit Heisenberg-T-Shirt. Die wilde Hilde mit hochrotem Kopf und einem

Zeigefinger, der vor lauter Wut gar nicht weiß, auf wen er als Nächstes zeigen soll. Und ich, die ich mich vor schäbigem Lachen kaum noch einkriege.
Die wilde Hilde ist von Ben und mir abgelenkt – danke, Micha! Während sie auf Maries Göttergatten rumhackt, ziehe ich Ben fort. Bloß weg von hier. Äh, wohin eigentlich?
„Was hast du eigentlich vor?", frage ich ihn, als wir um die Ecke gebogen sind.
„Wir gehen ins Kartoffelhaus." Er legt seinen Zeigefinger auf meine Lippen. „Pscht, Süße, keine Widerrede. Ich möchte einfach einen schönen Abend mit dir verbringen."
Na, prima. Kartoffeln! Das ist ja so ziemlich das Schlechteste in meiner Low-Carb-Diät, was man sich vorstellen kann. Ben weiß das ganz genau. Gespielt albern ziehe ich eine Flunsch, schiebe die Unterlippe vor.
„Kartoffelhaus? Ernsthaft? Ach, Ben, können wir nicht woanders essen gehen? Büüüüttte!"
Er denkt gar nicht daran, sondern gibt mir einen Kuss.
„Nein. Heute isst du was Ordentliches. Widerspruch zwecklos."
Und dann passiert es. Ich erkenne mich selbst kaum wieder, aber die Worte purzeln nur so aus meinem Mund. Ohne vorher nachzudenken, mache ich mitten auf der Straße einen auf *wilde Hilde*.
„Ben, ich finde das einfach total unfair von dir! Du weißt doch, wie ich mich abquäle für jedes einzelne Kilo. Gönnst du mir das nicht, oder was ist los? Warum muss es denn ausgerechnet das Kartoffelhaus sein, wo ich mir nicht eine einzige Low-Carb-Speise auswählen kann? Mann, das ist echt scheiße, wenn du mich so in die Ecke drängst!"

Ben rückt von mir ab, hält mich aber an den Schultern fest. Wütend blitze ich ihn an. Ich spüre, wie ganz tief unten ein paar Tränen darauf warten, aus den Augen zu schießen, aber soweit kommt es noch! Ich will doch einfach nur einen Salat essen, das ist doch nichts Verbotenes!

„Bist du fertig?", fragt Ben und guckt so sauer, wie ich ihn noch nie gesehen habe.

„Ja. Aber du musst das verstehen …"

„Ich verstehe gar nichts, wenn ich ehrlich sein soll. Es nervt! Es nervt total, dass wir morgens keine Croissants im Bett essen können! Ich möchte dir so gerne mal ein Eis mitbringen, aber das geht nicht – hat ja Fett, Zucker, Kohlenhydrate, was weiß ich! Mensch, du bist doch nicht krank, du kannst essen, was du willst! Wach endlich mal auf, Jussy! Für wen machst du das eigentlich? Für mich brauchst du diesen Scheiß nicht zu machen, ich finde das total beknackt. Wem musst du was beweisen?"

Er hat sich richtig in Rage geredet, zwischendurch ein bisschen stärker mit den Händen zugedrückt. Jetzt lässt er mich los. Wir stehen uns wortlos gegenüber. Ich weiche seinem Blick aus, muss gleich weinen. Ich will nicht mit meiner fürchterlichen Heul-Stimme quietschen, will nicht meine hässliche rote Nase und hektische Flecken bekommen. Mühsam unterdrücke ich die Traurigkeit und lasse meine Wut gewinnen.

„Vielleicht muss ich mir selbst was beweisen. Ich kann nicht anders. Ich esse heute keine Kartoffeln und wenn du dich auf den Kopf stellst."

„Wir haben jetzt nicht ernsthaft unseren ersten Streit wegen Kartoffeln, oder?"

„Es geht nicht um Kartoffeln, Ben, es geht darum, dass du mich ernst nehmen sollst. Und das tust du nicht!"

„Ich nehme dich nicht ernst? Sag mal, spinnst du? Andere Typen machen total Stress, wenn ihre Freundin nur den Ansatz eines Bauchs hat und ich sage dir, du sollst aufhören mit dem Diätenwahnsinn … du merkst schon, dass das etwas verrückt ist, oder?“, fragt Ben aufgebracht.
„Ja“, zische ich böse. „Das ist verrückt, genau. Du sagst es ja selbst: Dabei ist bei mir noch viel mehr zu sehen als ein Bauchansatz. Da kann man es auch gleich mit einer Diät vergessen, wenn man so fett ist wie ich. Das willst du doch sagen, oder?“
Fassungslos schaut Ben mich an.
„Ich glaub, ich fahr erst mal nach Hause. Schade, ich hatte mich so auf diesen Abend gefreut.“
Mir laufen die Tränen über die Wangen, aber aus irgendeinem Grund kann ich nicht zurück. Ich habe mich festgefahren, das merke ich selbst. Aber ich will nicht zugeben, dass ich eine blöde, diätsüchtige Kuh bin. Er soll der Sündenbock sein, nicht ich.
„Ben“, versuche ich es weinerlich und greife nach dem Revers seiner Jacke.
Aber Ben dreht sich um, sagt leise *Tschüss* und geht zu seinem Auto. Was bin ich nur für eine Vollidiotin?

***

Seit zwei Stunden sitze ich heulend in meiner Küche, starre Löcher in die Luft und hypnotisier das Telefon. Ruf-mich-an! Aber Ben ruft nicht an und antwortet nicht auf meine SMS. *Es tut mir leid! Ich liebe dich, dein dummer Huhu!* hatte ich geschrieben, aber anscheinend findet Ben das nur so mittel. Oder ganz doof. Ich bin ja auch doof. Hoffentlich habe ich nicht alles verdorben mit meinem Abnehmwahn! Das kann doch alles nicht

wahr sein – da ist man endlich in jeder Beziehung auf dem richtigen Weg und dann passt es dem Freund nicht, dass man mal ein paar Wochen etwas exotisch isst. Ehrlich, er stellt sich auch wirklich ziemlich an.
Ob ich Maxi anrufe? Keine Lust. Ich will keine Grundsatzdiskussionen führen. Ich weiß selbst, dass dieser Streit so überflüssig wie nur irgendwas ist. Kein Mensch trennt sich von seinem Freund, weil er keine Kartoffeln essen möchte – das ist total irre!
Ich ziehe mich aus und steige auf die Waage. 87,7 Kilo. Hurra.
„Hurra“, sage ich emotionslos und traurig zum Huhu, den ich von einem Zimmer mit zum nächsten schleppe.
„Ja, Jussy, du bist ein Held. Hast 17 Kilo abgenommen und davon vermutlich einen großen Bruchteil an Gehirnmasse. Herzlichen Glückwunsch.“
Jetzt ist Schluss! Ich habe keine Lust mehr auf Diät, ich brauche sofort etwas Tröstliches. Kein normaler Mensch kann bei Liebeskummer hungern, ich will Pizza! Schokolade! Chips! Leider habe ich rein gar nichts mehr im Haus; alle Kalorienbomben wurden längst verbannt. Ich sehe so verheult aus, dass ich mich unmöglich aus dem Haus traue.
Es kommt mir vor, als wäre es eine Ewigkeit her, als ich die Nummer vom Pizzadienst wähle. Ach, scheiß doch drauf, Jussy. Ben will dich nicht mehr, da kannst du auch genauso gut wieder kugelrund werden. Ein Leben ohne Kohlenhydrate ist sinnlos.
„Pizzeria Augustino, bitte schön?“
„Ich hätte gerne eine Pizza Funghi mit viel Käse. Und, äh, haben Sie auch was Süßes?“
„Mini, mittel oder groß oder XXL?“
XXL, denke ich, aber sage: „Mini.“

Ich bin so blöd. Noch nicht mal richtig sündigen kann ich. Unfreundlich frage ich noch einmal:

„Haben Sie auch etwas Süßes auf Ihrer Karte?“

„Ja, Tiramisu, ist frisch gemacht. Von heute. Normal oder groß?“

„Groß, bitte. Wie lange dauert das denn? Ach, ich nehme auch noch einen kleinen gemischten Salat mit Joghurtdressing und Pizzabrötchen dazu.“

„Eine halbe Stunde, höchstens eine Stunde.“

Ja, ist klar. Also anderthalb Stunden. Seufzend beende ich meine Bestellung in der Teufelsküche und werfe den Huhu mit Schwung in die Ecke.

„Leckt mich doch! Alle!“

15

Aufgeregt schwimmen die Enten hin und her. Jeffrey hat einen Heidenspaß daran, die Brotkrumen immer möglichst weit in die entgegengesetzte Richtung zu werfen, damit die Tiere schön in Fahrt kommen. Wir stehen auf einer kleinen Fußgängerbrücke aus Holz und schauen dem schnellen Flusslauf von oben zu. Entenfüttern war für mich schon als Kind das Schönste. Ich weiß gar nicht, warum ich das so viele Jahre nicht gemacht habe, aber nun habe ich mein altes Hobby wiedergefunden. Sie lachen? Natürlich ist Entenfüttern ein Hobby! Findet Jeffrey auch.

„Guck, Jussy, die Braune kriegt nix, die ist voll gemein zu die kleinen Enten!“

„Zu *den* kleinen Enten. Ja, die Braune ist echt doof. Wirf doch mal da hinten was hin, da sind ein paar schüchterne Enten.“

„Was ich schüchtern?“, fragt Jeffrey.

„Das ist, wenn man sich nicht traut, etwas zu machen. Zum Beispiel bist du schüchtern, wenn du alleine ein Milchbrötchen kaufen sollst. Dann würdest du dich hinter mir verstecken und sagen, dass ich es bestellen soll. Verstehst du, was ich meine?“

„Ja“, sagt Jeffrey. Schüchternheit ist nicht gerade eine besonders hervorstechende Eigenschaft bei ihm. Er ist schon ziemlich selbstbewusst. „Ich bin aber nicht schüchtern. Aber du.“

„Aha. Und warum?“

Mein kleiner Kumpel zieht einmal die Nase hoch, wischt mit dem Ärmel seiner Jacke ab und ich gucke streng. Marie sollte ihm langsam wirklich mal beibringen, wie man selbstständig ein Taschentuch benutzt! Unbeirrt streckt er sich hoch, um über das Brückengeländer zu kommen und wirft mit Karacho eine Riesenladung Krümel ins Wasser.
„Du traust dich nicht zu dein Mann."
„Was? Hä? Wie meinst du das?"
„Du traust dich nicht zu dein Ma-hann. Mama sagt, du traust dich nicht zu dein Mann."
Genervt rollt Jeffrey mit den Augen. Dass Erwachsene aber auch immer so schwer von Begriff sein müssen!
„Das musst du mir erklären. Ich habe doch gar keinen Mann."
„Genau. Du bist ja auch schüchtern."
Bestechende Logik. Bestimmt hat Marie irgendwas von Ben und mir erzählt und der Lütte hat das aufgeschnappt.
„Komm, wir gehen wieder zurück, es wird langsam kalt", sage ich und warte, bis Jeffrey alle Enten glücklich gemacht hat.
Hand in Hand spazieren wir nach Hause. Jeffrey plappert wie ein Wasserfall und es stellt sich raus, dass Marie mal wieder über mein Liebesleben gequatscht hat. Natürlich hat der Kleine das meiste davon nicht verstanden. Wie sollte er auch? Ich verstehe es ja selbst nicht. Seit einer Woche habe ich nichts von Ben gehört. Ob für ihn einfach so Schluss ist? Oder wartet er darauf, dass ich aktiv werde? Eigentlich bin ich dran, ich spüre es genau. Auf solch eine geniale Idee wie mit dem Huhu komme ich nicht, außerdem weiß ich gar nicht, ob ich überhaupt einen Grund zur Entschuldigung habe. Ich bin doch im Recht, oder?

Ach, es ist alles so verzwickt! Ich vermisse Ben mit jeder Faser meines Körpers.
Apropos Körper: Meine Diät habe ich umgemodelt. Ich bin nicht mehr so streng mit mir, nehme aber trotzdem ein paar Gramm pro Woche ab. Abends lasse ich die Kohlenhydrate weg, außerdem blieb es nach dem Pizza-Tiramisu-Ausrutscher bei dieser einen süßen Köstlichkeit. Ich verkneife mir Schokolade und Chips, erlaube mir mittags aber hin und wieder ein paar Nudeln. So ist das Leben viel schöner und vermutlich auch gesünder. Vielleicht würde Ben sich mit dieser Ernährungsvariante zufriedengeben?
Jeffrey drückt mit Karacho auf die Klingel. Mit Schwung öffnet Marie die Tür und lacht uns zerzauste Wesen an.
„Ihr hattet Spaß, wa? Na, Jeffrey, wasch dir mal Hände, gibt gleich Essen. Nachher geht Papa mit euch Kino. Willste auch reinkommen, Jussy?"
„Nein, danke. Ich hab noch ein bisschen was zu tun. Jeffrey dürfte satt sein. Er hat die Hälfte der Brötchenkrümel selbst weggefuttert. Kann ich ihn übermorgen wieder abholen? Mir macht das Entenfüttern selbst richtig Spaß und Jeffrey wird ganz ruhig dabei. Das ist richtig schön zu beobachten, wie er alles um sich rum vergisst und nur noch den Tieren zusieht."
„Machste jetzt hier einen auf Kindergärtnerin?", fragt Marie.
„Nee, nee. Vergiss es einfach. Jedenfalls ist Jeffrey ein toller Junge. Tschüss!"
Nachdenklich gehe ich nach oben. Doch, ich mache einen auf pädagogische Fachkraft, aber das muss ich Marie nicht unbedingt auf die Nase binden. Ich merke ganz genau, wie Jeffrey es genießt, wenn er mit mir

ruhige Sachen machen kann. Er braucht nicht ständig Action, wie Marie und Micha denken. Dann kümmere ich mich eben nebenbei etwas um den Kleinen – das tut sowohl ihm als auch mir gut. Ich bewege mich regelmäßig an der frischen Luft und er bekommt etwas anderes zu sehen als Fernseher und Spielekonsole.

***

Am Samstagmorgen wache ich um halb sechs auf und weiß endlich, was zu tun ist. Ich halte es ohne Ben nicht mehr aus, ich will ihn verdammt noch mal zurück haben! Schnell schlüpfe ich in meine Klamotten, stecke die Haare hoch und schminke mich ein bisschen.
Im Handschuhfach meines Autos krame ich nach der ABBA-CD meiner Mutter. Ich würde ihr gegenüber zwar nie zugeben, dass ich sie gerne höre, aber die Wahrheit ist: Mich motiviert ABBA. Laut *Dancing Queen* mitsingend parke ich vorm Bäckerladen. Mit einer großen Tüte voller duftender Croissants und Brötchen beladen, fahre ich weiter zu Ben. Hoffentlich ist er zu Hause! Bei der Vorstellung, dass er bereits eine andere haben könnte, dreht sich mich der Magen um. Bitte nicht! *You can dance, you can jive, having the time of your life* …
Als ich endlich vor Bens Haus stehe, verfliegt meine euphorische Laune. Ich habe Angst. Hoffentlich weist er mich nicht ab. Ich werde alle Schuld auf mich nehmen und gar nicht erst versuchen zu diskutieren. Noch einmal schnell in den Spiegel geschaut. Alles gut, ich sehe zumindest nicht hysterisch aus. Mit der immer noch warmen Brötchentüte in der Hand, klingle ich und warte vor der Haustür auf eine Reaktion. Falls Ben nicht aufmacht, kann ich ihn immer noch anrufen. Es

könnte ja sein, dass er einfach keine Lust hat, so früh am Morgen von irgendwem geweckt zu werden. Ob Männer sich eigentlich auch ständig darüber Gedanken machen, was wir Frauen gerade denken oder fühlen könnten? Wir interpretieren ständig die Handlungen des anderen Geschlechts, das scheint wohl genetisch so festgelegt zu sein.
Da ist er! Überrascht schaut er mich durch das braune Milchglas neben der Eingangstür an und öffnet dann die Tür. In Boxershorts, T-Shirt und mit kleinen, verschlafenen Augen steht er vor mir.
„Jussy, hey! Du bist ja früh dran!"
Ben lächelt. Gott sei Dank! Zaghaft nähere ich mich seinem Gesicht, er weicht nicht zurück. Ich gebe ihm einen kurzen Begrüßungskuss auf den Mund. Wir schauen uns schluckend in die Augen. Da ist noch was, ich bin mir sicher. Er kann nicht mit mir durch sein.
„Ich habe Brötchen mitgebracht." Ich stocke kurz. „Für uns beide."
Mir treten die Tränen in die Augen, ich muss seinem Blick ausweichen, so schäme ich mich.
„Ach, Süße, komm her, nun wein doch nicht", sagt er sanft und zieht mich an sich. Ich lasse mich umarmen von meinem schönen, lieben und bettwarmen Freund. Engumschlungen stehen wir da, ich weine vor Glück in die Kuhle zwischen seinem Hals und Schulter.
„Verzeihst du mir, Ben? Ich war so doof, entschuldige bitte! Ich esse auch wieder normal. Zumindest fast."
„Ich bin so froh, dass du wieder da bist. Ich hab dich wahnsinnig vermisst. Los, komm, wir gehen hoch. Müssen wir eigentlich gleich frühstücken …?"
Ich nehme sein Gesicht in die Hände und küsse ihn. Das reicht vermutlich als Antwort.

16

Waren Sie schon einmal mit Ihrem Freund bei einer kirchlichen Trauung? Ich noch nie. Ich weiß gar nicht, was ich denken soll – irgendwie ist die Situation etwas peinlich. Wir sitzen in der vierten Reihe auf einer harten Kirchenbank. Links von mir meine Eltern, Maxi und ihr Fucker. Rechts neben mir hält Ben meine Hand auf seinem Bein. Er sieht toll aus! Ich habe ihn nie zuvor in Anzug und Krawatte gesehen.
Wow! Ryan Gosling und er könnten als Brüder durchgehen. Natürlich stelle ich mir vor, dass nicht Irina und ihr langhalsiger Nerd vorm Traualtar stehen, sondern Ben und ich. Und natürlich lasse ich mir das nicht anmerken; ich gebe schließlich auch nicht zu, dass ich jedes Jahr im Advent *Drei Haselnüsse für Aschenbrödel* gucke. Mehrmals.
Äußerlich aufgeräumt und sehr erwachsen beobachte ich das glückliche Brautpaar und bemühe mich, jetzt bloß nicht loszuheulen. Ich mein, wer ist denn bitte schön neidisch auf Irina? Ihr Hochzeitskleid gefällt Maxi und mir nicht. Ich freu mich schon, wenn wir nach der Kirche weiterlästern können. Brautkleider müssen weiß sein und nicht rosa wie Irinas Albtraum in Tüll. Ich weiß genau, wie mein Brautkleid einmal auszusehen hat. Es soll schlicht und mit einem großen V-Ausschnitt sein, nicht zu ausladend, aber trotzdem festlich-elegant. Hoffentlich habe ich bis zum Tag X weitere fünf bis zehn Kilo runter.

Ja, ich kann es nicht lassen. Ich bin immer noch gewichtsfixiert. Aber es ist auch einfach zu schön, dass ich tatsächlich in ein nachtblaues Cocktailkleid in Größe 44/46 passe! Wie es unter dem Kleid aussieht, wollen Sie gar nicht wissen. Ein fleischfarbenes Ungetüm quetscht meine Speckrollen zusammen, sodass ich kaum atmen kann. Was tut man nicht alles! Ben hat jedenfalls anerkennend gepfiffen, als er mich in meinem teuren Fummel sah. Sogar meine Mutter verbiss sich gehässige Kommentare und nickte wohlwollend. Doch, ich fühle mich gut. Auch wenn ich mich noch besser fühlen würde, wenn ich mich im Sitzen entspannen könnte. Ich bin bestimmt die ungekrönte Königin des Luftanhaltens.

Irina und ihr frisch gebackener Ehemann geben sich einen Kuss. Von der Empore ertönt das *Ave Maria* des örtlichen Kirchenchors herunter. Himmel, hilf! Das ist ja schrecklich! Ben und ich grinsen uns an. Nee, so denn nun doch nicht. Wir erheben uns und warten darauf, dass wir im Gänsemarsch dem Brautpaar nach draußen folgen können. Ich bin einfach nur glücklich. Ich will niemand anders mehr sein, mein Leben ist perfekt, wie es ist. Der beste Freund und Lover aller Zeiten zwickt mir heimlich von hinten in den Hintern und ich grinse wie ein Honigkuchenpferd.

Das Wetter fügt sich geradezu malerisch in diesen Tag ein. Vor der Kirche muss Irinas Mann lauter Seemannsknoten auseinander tüdeln, die an einem ausgestreckten Seil im Weg hängen. Links und rechts vom Schotterpfad säumen irgendwelche blaubemannten Kerle den Gang. Wir stehen im strahlenden Sonnenschein und warten, bis alles erledigt ist. Leider war das immer noch nicht alles, denn auch Irinas Freundinnen scheinen sich etwas wahnsinnig

Einfallsreiches ausgedacht zu haben: Es ist ein Herz aus einem Laken auszuschneiden, durch das das Brautpaar dann krabbeln darf. Herrje, man kann es auch wirklich übertreiben. Hoffentlich gibt es nicht auf dem Saal weitere lustige Spielchen.
Inzwischen haben sich kleine Grüppchen gebildet. Meine Familie steht beieinander. Neugierig mustert meine Mutter Ben. Sie hat ihn bereits häufiger zu Gesicht bekommen und ich habe seine freundliche, gelassene Art einmal mehr zu schätzen gelernt. Maxi ist heilfroh, dass ihr Fucker endlich aus der Schusslinie geraten ist – jetzt ist mein Freund dran.
„Es geht mich zwar nichts an, aber sind Sie eigentlich auch evangelisch?“, fragt meine Mutter Ben.
Maxi und ich rollen genervt mit den Augen, während unser Vater gekünstelt hustet. Als ob unsere Mutter das jemals interessiert hätte! Sie geht nie in die Kirche und ist nur dabei, weil es alle so machen. Ich allerdings auch.
„Nein, aber ich war es mal. Ich bin vor ein paar Jahren ausgetreten“, sagt Ben.
„Aha. Na ja, das muss jeder selbst wissen. Ich persönlich finde es wichtig, dass ein Kind getauft wird. Man weiß ja nicht, was passiert und dann fühlt man sich womöglich schuldig, weil man sich keinen Schutz geholt hat.“
„Mama, jetzt mach mal halblang!“, sage ich.
„Ich rede mit deinem Freund, Justine. Wenn du dich bitte einmal kurz heraushalten könntest. Oder interessiert es dich nicht, ob dein Kind später getauft werden kann?“
Ich würde am liebsten im Erdboden versinken. Jetzt spricht sie mit Ben schon über Kinder. Maxi kommt mir zur Hilfe.

„Oma hat mir erzählt, dass bei deiner Taufe der Pastor besoffen war. Welche Rückschlüsse ziehen wir denn jetzt daraus, Mama?“
Beleidigt dreht meine Mutter sich weg, brummelt etwas von *undankbar und frech* und ist ansonsten endlich still. Mein Vater, der sich wie immer aus allem raushält, versucht Maxi und mich mit Blicken zu beruhigen, aber da ist er bei uns schon seit zwanzig Jahren an der falschen Adresse. Er hat sich dazu entschieden, Mamas Gehässigkeiten auszuhalten, dann muss er auch mit den Konsequenzen leben.
„Ich glaub, jetzt werden gleich die Fotos gemacht. Oh Gott, ich hab Hunger!“, sagt Maxi.
Ich auch. Seit Tagen zerbreche ich mir den Kopf darüber, wie ich möglichst elegant zwar an allen Gängen teilnehme, aber trotzdem nicht so viel esse, dass ich davon zunehme. Und ich weiß, dass es Maxi nicht anders geht. Eigentlich geht es fast allen Frauen so, zumindest denen, die nicht schon von Natur aus mega-sportlich und mega-schlank auf die Welt gekommen sind. Ich staune immer wieder, was die bei großen Anlässen an Mengen verdrücken.
Es wird ein bisschen kühl an den Schultern, weil wir nun schon eine halbe Stunde vor der Kirche darauf warten, dass es endlich weiter geht. Jetzt singt auch noch der Chor meiner Tante ein Ständchen und fordert mit Handbewegungen die Hochzeitsgesellschaft dazu auf mitzusingen.
Froh zu sein bedarf es wenig und wer froh ist, ist ein König. Eigentlich klingt das ganz schön. Irina strahlt glücklich in die Menge und unsere Augen treffen sich kurz. Ich strecke beide Daumen in die Höhe. Alles Gute, Cousinchen!

Ben nimmt mich von hinten in den Arm, kuschelt sich ganz eng an mich und knabbert heimlich an meinem Ohrläppchen. Ich spüre, wie sich meine Haare an den Armen hochstellen.
„Hey du", flüstert er leise, „wenn du mir versprichst, dass du brav deinen Teller leer isst, dann würde ich dir nach dem Essen gerne ein Kind machen. Das mit der Taufe klären wir dann später."
Ich schließe die Augen und freue mich auf meine ganz persönliche Hochzeitsnacht. Aber zuerst wird richtig gegessen.

***

**Liebe Freunde der Spießigkeit,*
… Papa, wenn ich groß bin, will ich auch mal Spießer werden! Kennt ihr diese herrliche Werbung? Mein absoluter Lieblings-Clip ever, ever, ever!
Was ist eigentlich ein Spießer? Für mich ist das ein Mensch, der genormte und engstirnige Vorstellungen der Gesellschaft nicht Kraft eigener Gedanken verlassen will. Einer, der sonntags keine Wäsche an die Leine hängt, weil sich ein Nachbar darüber mokieren könnte. Oder noch schlimmer: Einer, der selbst über Nachbarn herzieht, die sonntags ihre Wäsche raushängen.
Gibt es auch Spießer im positiven Sinn? Ich finde: Ja. Zumindest wäre ich dann einer. Ich mag saubere Fenster in meiner Wohnung. Ich liebe einen schön gedeckten Frühstückstisch. Und ich finde es schön, bei verregnetem Mistwetter in der warmen Bude zu hocken und Kitschfilme zu schauen, während mein Liebster mir die Füße massiert.
Besonders spießig bin ich bei meiner Lebensplanung. Ich habe gestern den Heiratsantrag meines Freundes angenommen – und verdammt nochmal: Ja, ich bin begeistert von Verlobungen, Blumenkindern und Flitterwochen! Angefangen hat das alles

übrigens vor einem halben Jahr hier im Tönespucker. Und das ging so: Huhu …!
*Verliebte Grüße von Jazz**

Ende

3237857R00099

Printed in Germany
by Amazon Distribution
GmbH, Leipzig